小学館文庫

暗号解読士
九條キリヤの事件簿

桜川ヒロ

小学館

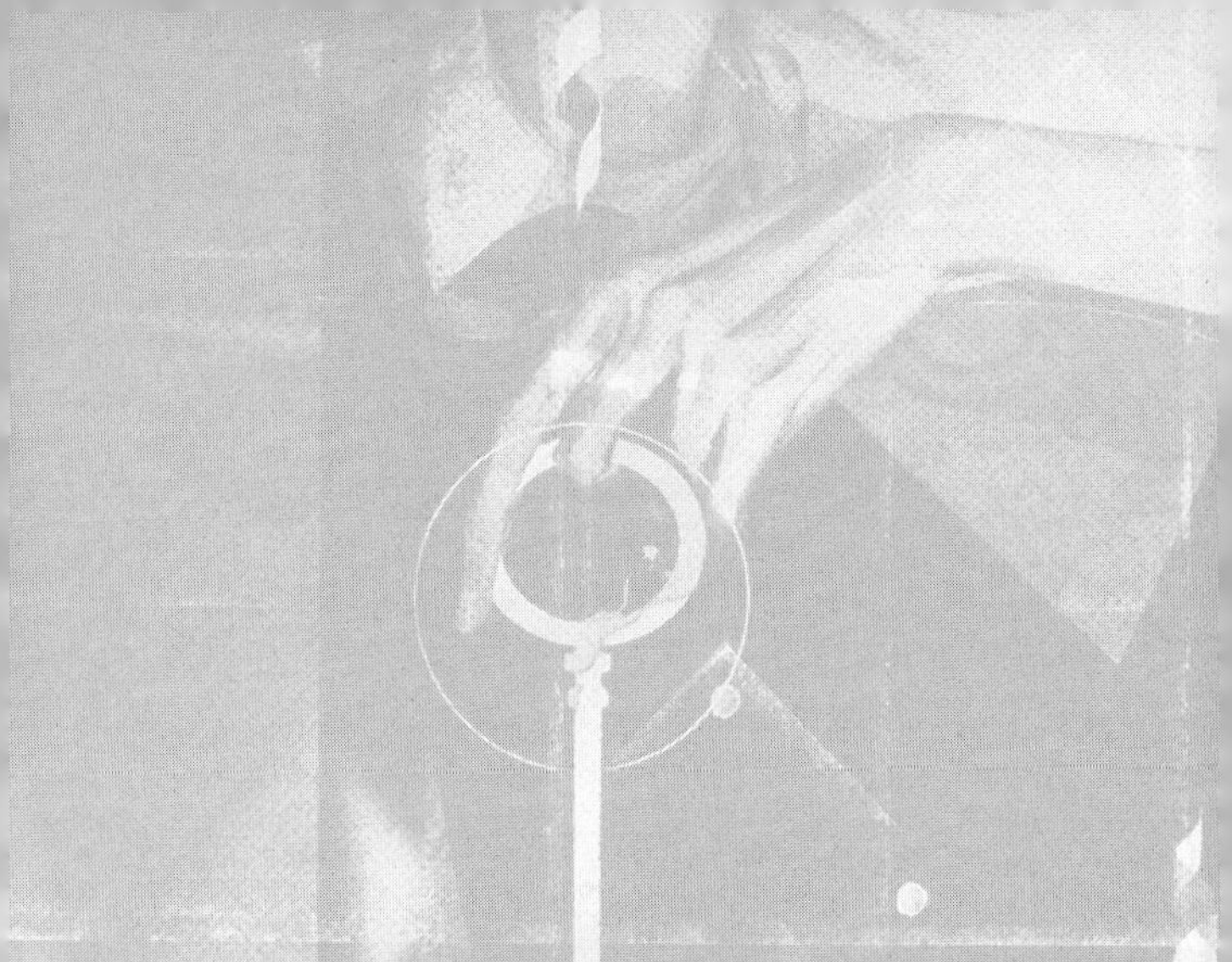

CONTENTS

プロローグ

昨日約束を交わしたばかりの、彼女の小指が切り落とされていた。

その日はとても気持ちがいい日だった。八月までの暑さをどこかに置いてきたような穏やかな気候に、開け放たれた窓から入ってくる秋の香りを含んだ風。ひぐらしの少し儚《はかな》げなカナカナという鳴き声が鼓膜を揺らし、庭に置いてあるプランターの中の紫苑《しおん》が、まるで内緒話をするように頬を寄せ合っている。鰯雲《いわしぐも》が覆い尽くした空には夕焼けの朱《あか》が広がり、太陽と反対側の空からは夜の藍がじわりじわりと浸食をはじめていた。

僕はそんな窓の景色を眺めたあと、もう一度足元を見下ろした。

現実を、見下ろした。

足元には事切れた彼女がうつ伏せで寝転がっていた。腹部から流れた血はフローリングとラグを赤く染め上げている。真っ白い顔には血の気がなく、なのに眠っているような優しい表情で彼女は瞼《まぶた》を閉じていた。先日、母親が洗ったばかりの真っ白いカーテンには歪《いびつ》な赤い斑点がついていて、それが風にたなびいて僕の視界を時折覆う。

真っ赤に彩られた彼女。もう約束が出来ない彼女。

僕は彼女の最期の言葉を、いまだに探している。

第一話　ダイイングメッセージ

1

『ミミズが這《は》ったような字』

それは、昔からある雑で汚い筆跡を形容した語ではあるけれど、七瀬光莉《ななせひかり》がその語が指す通りの字を見たのは、今回が初めてだった。だって『ミミズが這ったような字』と言いながらも、そう揶揄《やゆ》される字は大概ミミズが這った跡には見えないし、存分に字の要素を残しているのが普通だからだ。読めるか読めないかという話になればどことなく読めてしまうし、全部は読めなくても、とびとびに字は追えたりする。

……まぁ、比喩表現なので当たり前と言えば当たり前なのだが。

しかし、七瀬光莉の目の前にあるそれは、比喩ではなく、まさしく『ミミズが這ったような字』だった。というか、字なのかどうかさえも怪しい。状況的には字だとは思うのだが判別は難しく、ミミズの跡、だというほうがどちらかといえばしっくりくる見た目をしていた。

なんて書いてあるのかわからない字。一文字なのか、それともいくつかの字の羅列なのかもわからないそれを、彼女は読まなければならなかった。絶対に読まなくてはいけなかった。

なぜならそれは、今朝橋の下で見つかった刺殺体が残したダイイングメッセージで、彼女がその殺人事件を捜査する刑事だったからだ。

2

「えっと、もう一度いいですか？」

「ですから、本校に九条《くじょう》という教員はいません」

帝都《ていと》大学の本郷《ほんごう》キャンパス、理学部一号館の東棟二階で、光莉は対応した事務員にそう告げられた。彼女は事務員の言葉に数秒固まって、カウンターから身を乗り出す。

「そんなわけないんですが！　もう一度よく調べてください！　あ、もしかして、教員の方じゃなくて、職員の方かも。とにかく九條って方を――」

「だから！　本校の教員にも職員にも、九條という人物はいません！」

だから、を強調して女性の事務員は声を大きくした。あからさまに怒っているというわけではないけれど、何度もしつこく聞いてくる光莉に辟易《へきえき》しているのは見てとれた。彼女は半ば追い出されるように事務室を後にする。両開きの扉が後方でバタンと閉まり、光莉は深くため息をついた。

「なんでいないのよ。九條さん……」

光莉は来た道を戻る。彼女が探しているのは『九條キリヤ』という人物だった。

——九條キリヤ。通称、『暗号解読士』。類《たぐ》い稀《まれ》なる数学的センスで、事件現場に残された暗号を紐解《ひもと》き、難解な事件をいくつも解決に導いてきた、民間人協力者。彼が担当した事件はいまだ一件も未解決事件になっておらず、しかもそのどれもが一ヶ月以内のスピード解決をしている、……らしい。

『らしい』と表現したのは、光莉自身がまだ彼に会ったことがないからだ。

光莉は、今年の三月から警視庁の刑事部に配属されたばかりの新米刑事である。刑事になってまだ一ヶ月も経《た》っていない。なので、殺人事件のような重大事件にあたるのも今回が初めてだし、九條キリヤなる人物も『暗号解読士』なんていう異名も、数日前まで聞いたことがなかった。ではなぜ、そんな光莉が今回キリヤにコンタクトを取ろうと思ったのか。

それはもちろん、仕事だからである。

光莉はショルダーバッグに入れてあるクリアファイルからキリヤに見せるはずだった写真を取り出す。昨日見つかった刺殺体の現場写真だ。写真は三枚ほどあり、一枚は事件現場を俯瞰《ふかん》で撮ったもの、二枚目は遺体の全体像を撮ったもの、三枚目は遺体の手元のみを撮ったものだった。光莉は三枚目の写真を手に取ると、残りをまたファイルに戻した。そして手に取った写真をまじまじと見つめ、唇をへの字に曲げる。

「……にしても、これ。本当に読めるのかな」

写真には被害者の右手人差し指と、角の取れた大きな丸い石が写っていた。その石には被害者の血で何かが書かれてある。『何か』というのは『何か』だ。他に形容する言葉がなかなか見つからない。初めて見た時は『ミミズが這ったような字』だと思ったし、時間が経った今でもその印象は変わっていない。

被害者が残したミミズが這ったような跡は三本あった。一本目はひらがなの『く』のような曲線。二本目は最初に小さな丸が書いてあることが特徴の曲線。三本目は二本目と同じように丸がついているが、こちらは隣にある二本目とは違い、最初ではなく最後に小さな丸がついていた。

被害者が事切れる間際に意思を持って書いたものであることは確かなのだが、光莉を含めた捜査員たち全員がそれを読み解くことができなかった。

だから、頼りに来たのだ。噂《うわさ》の『暗号解読士』を。

――そして、なぜか彼は見つからなかった。

光莉は写真をクリアファイルにしまったあと、スマホを取り出し、先輩刑事である一宮辰彦《いちのみやたつひこ》に電話をかける。実は、一宮とキリヤは古くからの知り合いらしく、いつもは彼がキリヤのもとにこういう案件を持っていく係なのだ。しかし、今回は一宮が別件で駆り出されてしまったので、同じ部署に所属している光莉が初めてのおつかいとしてキリヤに会うことになったのである。民間人協力者に話を聞きに行き、協力を仰ぐ。確かに新米刑事の最初の仕事としてはちょうどいい塩梅だろう。

『キリヤは、帝都大学の数学科にいるから！　んじゃ、よろしくな！』

それだけ言って颯爽《さっそう》と去って行った一宮の姿が、光莉の脳裏に蘇《よみがえ》る。居場所以外の情報を教えてくれなかったのは、急いでいたから仕方がないのかもしれないが、その唯一の情報が間違っているというのはどうなのだろうか。電話に出たら文句の一つでも言ってやろうかと思ったが、呼び出し音が一、二回鳴っただけで一宮のスマホはすぐに留守番電話に切り替わってしまった。

（これからどうしようかなぁ……）

光莉はスマホ片手にため息をつく。このまま手ぶらで帰って良いものなのだろうか。でも、『一宮の知り合いにコンタクトを取る』なんて、誰でも出来るようなおつかいを失敗しましたと報告するのは、気が引ける。すごく、気が引ける。

（でも、粘るにしたって、これ以上何をしたらいいのかわからないしなぁ）

「こんにちは！」

その時、前方から若い男性の声がした。顔を上げると、そこには五人ほどの学生がこちらを見ながらニコニコと人のいい笑みを浮かべている。声をかけたのはきっと真ん中にいるリーダーっぽい大学生だろう。何事かと目を瞬かせていると、先ほど声をかけてきた男子大学生が光莉に向かって一歩足を踏み出してきた。

「これ、もしよかったらどうぞ！」

彼が光莉に差し出してきたのは一枚のチラシだった。紙には大きく『コーラスサークルに入りませんか？』と手書きの文字が印刷してある。どうやらサークルの勧誘らしい。確かに今は四月で、サークルの勧誘シーズンなのだろうが、光莉はここの学生ではないし、れっきとした社会人だ。彼女がいくら童顔で普段から少々年下に間違われ気味だろうが、大学内のサークルには入れない。

どう断ろうか迷っていると、今度は女性三人が光莉を取り囲む。

「実はうちのサークル、人が足りてなくて！　もしどこのサークルにも入ってなかったら、見学だけでもしに来ない？」

「他大学との交流もあるし、友達もいっぱいできると思うよ！」

「きっと楽しいよ！　私、人生変わったもん！」

「一緒に頑張ろう！」

大学内で浮かないようにと私服で来たのがいけなかったのだろうか、光莉はあっという間に学生たちに囲まれてしまった。集団の圧力をひしひしと感じながら、光莉は必死に声を張る。

「ちょ、ちょっと待ってください！　私は学生ではなく社会人です！　だから、その、お誘いはありがたいのですが、大学のサークルには、ちょっと……」

そう告げると、光莉を囲んでいた人たちの熱は少し下がった。お互いに顔を見合わせて「どうする？」とアイコンタクトを取っているように見える。光莉がそんな彼らの様子にホッと胸を撫《な》で下ろしていると、「社会人でも大丈夫ですよ！」という元気な声が耳に届いた。その言葉を発したのは、やっぱり最初に声をかけてきた男子大学生だった。後ろでもう一人の男子大学生が「おい！」と不安げな顔で、彼の袖を引く。

「大丈夫だろ、社会人でも。それにお前、今月の責任数足りてないじゃん」「それは……」「それに彼女、押せばいけそうじゃない？」「そう！　折伏《しゃくぶく》もしやすそうだよ」「わかる！」「それは、確かにそうだな……」

五人は何やら集まってそんな会話を交わしたあと、改めて光莉に向き合った。その瞳には、なぜか先ほどまでの熱が戻ってきてしまっている。

「ということで、私たちを助けると思って！　サークルに入ってください！」

「いや、それは……」

「見学だけでもお願い！　強引に加入させたりしないからさ！」

もうこの状況が少々強引なのだが、彼らはまったくそれがわかっていないらしい。よほど人数が足りないのだろう、ＯＢでもない社会人まで入れようとするなんてかなり切実だ。

「やめた方がいいですよ」

その声が響いてきたのは、光莉が先ほど下りてきた階段からだった。視線を向けると、すらりとした、手足の長い青年が階段を下りてくるところが目に入る。おそらく大学生なのだと思うけれど、彼の醸し出す雰囲気は光莉を取り囲んでいる彼らよりもずっと鋭く、重々しい。飾らない無地の白いシャツに黒いボトム。ボトムはスキニーのように見えるが、もしかしたら足が長いからそう見えるだけなのかもしれない。彼は一歩一歩階段を踏みしめながらこちらに下りてきた。

「その人たち、偽装サークルですから。誘いに乗ると何かしらの宗教に入信させられますよ。まぁ、入りたいのでしたら止めませんが」

濡羽色《ぬればいろ》の黒髪。少し長い前髪の隙間から菖蒲色《しょうぶいろ》を秘めた黒目が覗《のぞ》いた。形のいい唇はわずかに弧を描いているが、笑っているというわけではなく余裕だけが滲《にじ》んでいる。

（わぁ……）

光莉は、突然現れた青年に思わず感嘆の声を漏らしそうになった。なぜなら、その青年が今までに見たことがないような美形だったからだ。テレビでもてはやされている俳優やモデルなんかよりも彼の造形は整っている。喩《たと》えるならば、彫刻だろうか。数世紀前の誰もが知っている有名な彫刻家が何年もかけて石から彫り出した一級品。彼の姿にはそんな精巧さがあった。それが顔だけではなく頭から爪先に至るまでその調子で、彼を見ているとなんだか現実感が薄くなってくる。

突然現れた青年の言葉に、サークルのリーダー格の男が焦ったように口を開く。

「偽装サークルとか、宗教に入信させられるとか、何を根拠にそんなこと――」

「根拠は、貴方《あなた》たちが先ほど使っていた言葉ですよ」

「え？」

「『責任数』に、『折伏』。どちらもカルト教団がよく使う隠語です。責任数というのは、勧誘や販売のノルマのことを指し、折伏というのは自分たちの宗教に入信させることを指します。折伏に関しては、本来は仏教用語なので別の意味もありますけどね」

階段を下りきった彼は、そう言いながら光莉たちの前に立った。

「批判を恐れずに言うのならば、コーラスサークルというのもこの上なく怪しい。真っ当に活動している人たちには申し訳ありませんが、最近はコーラスサークルを騙《かた》った勧誘事案が頻発していますからね。……まぁ、それにしても手際は悪いですが」

「お前！　さっきから聞いていれば適当なことばかり言いやがって！　俺たちは真っ当なコーラスサークルだ！　そんな――」

「あぁ、僕の勘違いでしたか？　それは、すみませんでした」

あっさりと自分の非を認める青年に、気炎を上げかけていた男も「あ、いや……」と勢いを削《そ》がれてしまう。そんな男の隙をついて、綺麗《きれい》な青年は再び口を開く。

「それなら必要ないかもしれませんが。一応、貴方がたに忠告をしておきますね」

「忠告？」

男が怪訝《けげん》な声を出すと、青年の長い指が光莉を指した。

「彼女、おそらく警察官ですよ」

「は？　警察官？」

「見てください。彼女の右手の中指についたあのタコ。あれは拳銃を撃つ者に出来る特殊なものです。それと、上着のポケットに入っているのは警察手帳じゃありませんか？　ポケットから伸びている紐がその証拠です。警察手帳は紛失すると後が大変ですからね。その紐の先はベルトにでもついているんじゃないですか？」

どうですか？　と視線で問われ、光莉は観念したようにポケットから警察手帳を取り出した。あまり事を荒立てたくはなかったが、こうなっては仕方がない。

「はい、おっしゃる通りです。警視庁から来ました、七瀬光莉です」

そう言って手帳を広げてみせると、サークル勧誘に来ていた大学生たちは息をのみ、光莉から数歩距離を取る。綺麗な青年は、そんなサークルメンバーと光莉をとりなすように間に割って入り、視線だけをサークルのメンバーたちに向けた。

「僕が思うに、彼女と貴方たちサークルの相性はあまり良いとは言えないと思いますが、どうでしょうか？　このままサークル勧誘を続けられますか？」

その言葉に、サークルメンバーたちはどこか恐怖したように、また一歩後ずさった。

「い、いや。彼女も別に入りたいとは思ってないようだし、今回はいいや」「そうね、無理に入れてもいいことないし」「彼女、そんなに歌も上手じゃないでしょうしね！」

最後の台詞《せりふ》だけは気に入らなかったが、彼らはそう口々に言い、そそくさと去っていってしまう。光莉は彼らを追い払ってくれた青年に向き合い、深々と頭を下げた。

「助けていただき、ありがとうございます」

「いえ」

「ただ、このタコなんですが……」

光莉は自分の右手の中指についたタコを撫でる。そして、申し訳なさと恥ずかしさで頬を染めた。しかし、光莉が言葉を発する前に青年が口を開く。

「それ、単なるペンだこでしょう？　わかっていますよ、それぐらい」

「へ？」

「ポケットから紐が伸びているだけで警察官だと看破したというのは、少々現実味が薄いですからね。説得力を持たせただけです」

「そ、そうなんですね」

まるで最初から光莉が警察官だと分かっていたような口ぶりだ。彼との会話に違和感を覚えつつも、光莉は、へらり、とした気の抜けた笑みを浮かべた。

「それにしても、すごく物知りなんですね！　業界の言葉とか、自分がそこにいないと普通はわからないですよ。――はっ！　もしかして、実はさっきの人たちの仲間で、私の勧誘をまだ諦めていない、とか……」

光莉の反応に、彼は辟易とした顔で「そんなわけないじゃないですか」と口にする。そして、腕を組むと不遜な態度で彼女を見下ろした。

「隠語というのは、ある意味暗号のようなものですからね。その辺の情報はある程度網羅しているというだけですよ」

「へ、暗号？」

探し求めていた単語の断片に彼女が顔を上げると、男はポケットからスマホを取り出し、こちらにメッセージアプリのトーク画面を見せてくる。彼が会話をしているのは『一宮辰彦』。そして、トーク画面にあったのは、光莉の写真と簡潔なメッセージ。

『今日はこいつが行くと思うから。よろしくな、キリヤ』

「へ？　キリヤって……」

スマホの画面から彼の顔に、視線が勝手にスライドした。光莉が状況を呑《の》み込むよりも早く、青年はスマホをポケットに収めて、頭を下げることも、手を差し出すこともせずに、淡々と冷静にこう告げた。

「初めまして、七瀬光莉さん。僕が九條キリヤです」

「……え？　学生？」

そう呟《つぶや》いた光莉に、キリヤは少し不機嫌そうに片眉を上げた。

3

綺麗なバラには棘《とげ》があると言うけれど、精巧にカッティングされた宝石のように美しい彼が持っていたのは、棘ではなく、毒だった。

「こんなのが解けないのに、なんで刑事なんかやっているんですか？」

大学内にあるカフェテラスで、九條キリヤは光莉の持ってきた写真を見るなり、そう宣《のたま》った。想定していなかった暴言に光莉は固まるが、そんなことなどお構いなしに、キリヤはさらに毒を吐き続ける。

「いい歳《とし》こいた大人が揃《そろ》いも揃って、こんなものも解けないんですか？　刑事部はエリート揃いだと聞き及んでいましたが、その認識は間違いだったみたいですね」

「いやだって！　私たちは暗号の専門家じゃないですし」

「だとしても、ですよ」

キリヤの長い指が、テーブルの上の写真を叩《たた》く。例の三枚ある現場写真だ。

「これは暗号じゃありません。見る人が見ればきちんと読める、ただの日本語です」

「え、これが!?」

「これは、衆議院式速記です」

光莉は大きく目を見開きながら「衆議院式速記？」とキリヤの言葉をオウムのように繰り返す。彼女の反応にキリヤは軽い感じで頷《うなず》いた。

「はい。ちなみに七瀬さんは、速記というものは知っていますか？」

「存在は知っています。線とか点とかを使って、速く文字を書く方法ですよね？」

「まぁ、おおむね合っています。速く文字を書く方法というよりは、人が話す言葉をすぐさま書き取る技術、という方が正確ですが」

そう言いながら、キリヤは被害者の手元が写った写真に指を這わせた。

「速記にはいろいろ種類がありますが、衆議院式速記は国会の議事録をつけるときに使うものです。国会中継の時に発言者のそばで黙々とペンを走らせている人がいるでしょう？　あれがそうです」

言われてみれば、確かにそんな人がいたような気がしないでもない。ニュースもさほど見ない上に政治にもあまり関心がないので、記憶はすごくおぼろげだが……。

キリヤは、今度は遺体の全身が収まっている写真を指した。スーツを着た、いかにも堅い仕事をしていますといった感じのご遺体だ。

「衆議院の速記者養成所は二〇〇六年に廃止になっているので、年齢的にこの方は速記者ではないですね。独学で学んでいたのなら、議員、いや議員秘書あたりですか？」

「すごい、正解です！」と光莉は声を大きくした。そして、キリヤの前に捜査資料のコピーを滑らせる。彼に捜査協力を頼む時、資料は全て見せていいことになっていた。

「被害者の名前は、入谷《いりや》勉《つとむ》。年齢は三十五歳です。衆議院議員、三ノ輪《みのわ》誠二《せいじ》の私設秘書をされていた方です」

「三ノ輪誠二？　あぁ、次期総理大臣とも言われている方ですね」

キリヤは目の前に置かれた捜査資料を、興味がなさそうな顔で捲《めく》る。

「殺されたのは自宅から五キロほど離れた橋の下。後ろからナイフのようなもので襲われています。凶器は持ち去られていますが、遺体に残された傷から刃物の形状を調べたところ、大量生産品で、鑑識の方が言うには、そこからの犯人特定は難しいそうです。持ち物を物色された形跡はあるのですが、財布といった金目のものには手がつけられておらず、物取りの犯行とも言えない状況です。ただ、持っていたはずのスマホが見つかっていないので、現在捜索を続けています」

捜査資料の内容を簡潔に説明したあと、光莉は届いていたアイスティーで唇を湿らせた。そしてまるで本題とばかりに身を乗り出す。

「それで、ダイイングメッセージにはなんて書いてあったんですか？　衆議院式速記で書かれていたってところまでわかっているのなら、もう読めているんですよね？」

「サル　イエス　ワラエイ」

「は？」

「だから『サル　イエス　ワラエイ』」

頭の中に、親指を立てて「イエス」と笑うサルの姿が浮かぶ。しかし、そうではないということはさすがの光莉にもわかったので、慌てて首を振り、想像を掻《か》き消す。

まったくわかっていない様子の彼女に、キリヤは仕方ないといった感じで被害者の手元を写した写真にもう一度指を乗せた。

「この、この曲線が『サ』、この読点のようなものが『ル』。右回りの小さな丸が『イ』、そして短めの斜め線が『エ』といった感じで判別していきます」

「それで、出てきた文字が『サル　イエス　ワラエイ』？」

「そうなりますね」

光莉はしばらく固まった後、何かを思いついたかのようにハッと顔を跳ね上げた。

「わかった！　犯人は『サル・イエス・ワラエイ』っていう外国の方で――」

「絶対にないとは言い切れませんが、おそらく違うと思いますよ。もし本当にこれが誰かの名前だったのなら、相当珍しい名前だと思いますし」

かぶせるように放たれた否定に、光莉は「でも……」と唇の端から漏らしたが、結局後に続く言葉が見つからず、そのままうつむいてしまう。

キリヤは被害者の手元の写真を持ち上げ、楽しそうに唇を引き上げる。それが光莉の初めて見る、キリヤの表情らしい表情だった。

「どうやら、彼はもう一段階工夫を凝らしていたみたいですね。おそらくこれこそが被害者――入谷勉さんが残した本物の暗号です」

「暗号……。『サル　イエス　ワラエイ』ってやつがですか？」

キリヤは「はい」と一つ頷いた。

「ちなみに、これって解けますか？」

「解けない暗号なんてものはありませんよ」

てっきり「そんなのは解いてみないとわかりません」と冷たく突き放されると思っていた光莉は、キリヤの頼もしい一言に子供のような笑みを浮かべた。

「さすが暗号解読士ですね！」

「暗号解読士って。それ、一宮さんが勝手に言っているだけですからね」

心底嫌そうな表情を浮かべるキリヤに、光莉は目を瞬かせる。どうして彼がそんな顔をするのかわからなかったのだ。キリヤは、はぁ、と大袈裟《おおげさ》にため息をつく。

「僕は『暗号解読士』なんかじゃありません。パズルを解くのが人よりちょっと得意なだけの、どこにでもいる大学生ですよ」

キリヤは席から立ち上がる。彼の前にあった珈琲《コーヒー》はいつの間にかなくなっていた。

「では行きましょう。僕も今日の講義は終わりましたので、すぐに動けますよ」

「え？　動くって、どこかに行くんですか？」

「もちろん、暗号の鍵を探しに」

4

「どんな人でも見たり読んだりすることはできるけれど、鍵がないと意味がわからないもの。それが、暗号だと言われています。裏を返せば、暗号というものは鍵さえわかってしまえば誰にでも意味が通じるものなんです」

「例えば、さっきのような速記やモールス信号、隠語などといったものは、知識という鍵さえあれば誰でも解くことができます。ただ、知識だけでは解けない暗号の場合、それを作った人を知ることこそが鍵を見つける一番の近道になります」

「暗号を作った人が、どんな人で、誰に何を伝えたかったのか。僕はそれを調べに行きます」

これが、道中のキリヤの弁である。

かくして、光莉はキリヤと一緒に、被害者である入谷の家に向かうことになった。

入谷の家は、閑静な住宅街にあった。大きなシャッターがついた車庫のとなりにあるチャイムを押すと、一呼吸置いて被害者である入谷勉の妻、入谷弥生《やよい》が玄関から顔を覗かせる。昨日夫が変わり果てた姿で見つかったばかりの彼女の顔に色はあまりなく、眠れていないのだろう、目の下にはクマも見え隠れしていた。そんな痛々しい姿の彼女は、光莉たちの突然の訪問にも嫌な顔ひとつせずに、それどころか「主人のことでご迷惑をお掛けしております」と深々と頭を下げてきた。

リビングに通してもらった後、光莉は申し訳なさそうな顔で、弥生にこう切り出す。

「すみません。勉さんがお亡くなりになったばかりだというのに、何度も押しかけるようなことをしてしまって……」

「いいえ、大丈夫です。むしろ、来てくださって正直助かりました。……一人でいると、変なことばかり考えてしまうので」

弥生はそう言いながら、今にも消えてしまいそうな儚げな笑みを浮かべる。

「それに、通夜と葬儀は夫が帰ってきてから夫の実家でしょうって義両親と話をしていまして。夫の実家は愛知なので、私は今、何も手伝えることはありませんから」

入谷勉の遺体は司法解剖に回されている。終わればすぐに帰ってくるとは思うのだが、それでも通常のようにすぐにとはいかない状況だ。

光莉がそのことに「ご迷惑をお掛けしております」と深々と頭を下げると、「謝らないでください」と弥生が狼狽《うろた》えたような声を出す。

「でも、なんでしょうか？　夫のことはもう一通り警察の方にお話ししていると思うのですが……」

「実は勉さんが残したメッセージについて、少しお伺いしたいことができまして」

そう答えたのはキリヤだった。雰囲気が大人びているからか、弥生は彼のことを若い刑事だと思っているようだった。

「『サル　イエス　ワラエイ』と聞いて、何かピンとくるものはありませんか？」

「はい？」

「『サル　イエス　ワラエイ』です」

キリヤはポケットから手帳とペンを取り出すと、空いたページに『サル　イエス　ワラエイ』と書いて、弥生に差し出した。

「えっと？　それは、どういう意味なんですか？　外国の言葉、とか？」

「僕らもその言葉の意味を探しているんです。勉さんが最後に残した言葉なので、なにか犯人につながる特別な意味があるのではないかと思っていまして」

弥生は数分間考えるそぶりを見せた後、「すみません」と首を振った。

「それなら弥生さん以外で、他にこの言葉にピンときそうな方はおられませんか？」

「それは……」

「例えば、ご両親やご兄弟。友人に、親しくしていた仕事仲間。もしくは、……愛人」

弥生はキリヤの言葉を繰り返すように「愛人」と呟いた後、視線を下げた。

そんな彼女にキリヤはさらに言葉を重ねる。

「勉さん、最近帰られていないようですね」

「どうして、そんなこと」

「玄関の靴ですよ。勉さんの靴が一足も外に出ていませんでした。弥生さんの靴が二足ほど出ていたことから考えて、この家には毎回靴を靴箱にしまうという習慣はないんですよね？　つまり、勉さんが普段から履いていた靴は、亡くなった時に履いていた革靴一足ということになるんです」

「それは、主人は仕事人間でしたので……」

「つまり勉さんは、休日まで革靴で出かけていたんですか？　毎日あんなに革靴を履いているのに？　それに革靴をケアするような道具が一つも玄関になかったのも、個人的には気になりましたね」

弥生はしばらく言葉を詰まらせた後、やがて何かを諦めるように息を吐き出し、訥々《とつとつ》とこう語り出した。

「主人が家に帰らないのは今に始まった話じゃないんです。というか、議員秘書を始めてから、ずっとそんな感じで……。だけど、それは仕事が忙しいからで、これまでは浮気とかではなかったはずなんです」

「これまでは、ですか？」

キリヤの問いに弥生は重々しく頷いた。

「最近、家に帰らない日数が極端に増えてきたんです。今までは二日に一回は帰ってきていたのに、今では月のほとんどをホテルで過ごしているような状態で。一昨日は、十日ぶりの帰宅でした。私、とうとう堪忍袋の緒が切れてしまって……」

何かがおかしいと思い問い詰めたところ、彼女は入谷から別れを切り出されたらしい。

「主人は、離婚したい理由を『他に好きな人がいるから』と言っていました。『最近気持ちに気がついた』とも。これ以上一緒にいるのは私に申しわけがないって。だから離婚しようって。それで私、腹が立ってしまって、隠れてスマホを……」

光莉の「見たんですか？」という問いに弥生は再び首を振った。

「ロックが解除できませんでした。前に設定していたナンバーから変わっていたんです。諦めようとした時、ちょうどメッセージが来て……」

それが女性からだったらしい。名前のところには『仁瀬芙美《ひとせふみ》』と表示されていたそうだ。スマホのロックが解除できないので中身を詳しく見ることはできなかったが、通知画面には『今日の夜、約束の場所で……』と書いてあったらしい。

二日前の『今日の夜』。一昨日の晩といえば、入谷が殺された夜である。あまりにも重要な情報に、光莉は思わず立ち上がった。

「どうしてそれを早く言ってくれなかったんですか！」

「主人と仁瀬芙美という女性が浮気をしていたという明確な証拠があるわけじゃないんです。それに、その話をするなら、主人から別れ話があったことも話さないといけないでしょう？　そうなると私も容疑者になってしまう。それが怖くて……」

別れ話の末に夫を刺し殺す。なるほど、あり得そうな話である。

「彼女なら何かを知っているかもしれません。もしかしたら、主人を殺したのも弥生はそう言った後、口元を押さえ、小さな嗚咽《おえつ》を吐き出した。

「……」

「弥生さん、泣いていたな……」

光莉がそう悲しそうな声を出したのは、入谷勉の書斎に通してもらった直後だった。部屋の中にはキリヤと光莉しかおらず、感慨に耽《ふけ》る彼女とは対照的にキリヤは部屋の中をくまなく物色している。光莉もキリヤに倣うように机の引き出しを開けてみるが、物色などする気にはなれずに、また落ち込んだような声を出した。

「なんか私たち、弥生さんの傷を抉《えぐ》っているだけのような気がしてきた」

「……七瀬さんって、刑事に向いてないですよね？」

「どういうこと？」

「刑事って人を疑うのが仕事じゃないんですか？　涙なんて訓練すれば誰でも流せるし、『仁瀬芙美』という人物も捜査を攪乱《かくらん》するために彼女がついた嘘《うそ》かもしれない」

言葉の意味を的確に読み取り、光莉は目をひん剝《む》いた。

「キリヤくん、もしかして弥生さんのこと疑ってるの⁉」

「は？　いま、なんて言いました？」

「だから、弥生さんのことを疑っているのかって聞いたの！　確かに夫の浮気に腹を立てた妻が夫を殺害なんて、よくある話だけど！　私にはあの涙が嘘には――」

「そうじゃなくて！　いま僕のこと、なんて呼びました？」

「え？　……キリヤくん？」

こともなげにそう言えば、キリヤはものすごく嫌そうな顔になる。鼻筋を窪《くぼ》めて、口をへの字に曲げているその様は、何かすごくまずいものを食べたような表情にも見えた。そんな彼の様子に光莉は目を瞬かせる。

「え。ダメだった？　キリヤくん年下だし、いいかなぁって思ったんだけど……」

「確かに七瀬さんは、無駄に歳だけは重ねていますね」

だけ、を強調して彼はまた毒を吐き出した。

「キリヤくんって、可愛《かわい》くないって言われない？」

「言われませんし、貴女《あなた》に可愛いと思われても嬉《うれ》しくないので関係ありません」

「関係ないなら、好きに呼んじゃうね！」

意趣返しのつもりで放った一言は、思ったよりもキリヤにクリティカルヒットしたようで、彼の眉間の皺《しわ》はますます深くなる。

「それに、これからもちょくちょく会うかもしれないし！　名前で呼んだ方が仲良くなれるかもしれないなぁって！」

「……七瀬さんって、変な人ですね」

「そう？」

「まぁ、いいです」

名前で呼ぶことを許してくれたということだろうか。キリヤはそれ以上何も言わず作業に戻ってしまった。

それから二人は会話することなく黙々と部屋を捜索した。しかし、特にめぼしいものは見つからない。捜査に必要だと思われるものはもう押収してあるので、パソコンなどは残ってはいないし、一ヶ月のほとんどを別の場所で過ごしていたからか、仕事に関する資料も少ない。そもそも、暗号の鍵なんて抽象的なもの、どうやって捜せばいいのかわからなかった。

「キリヤくん、何か見つかった？」

光莉がキリヤにそう声をかけたのは、部屋を捜し始めて二十分ほど経ってからだった。返ってこない答えに振り返ると、キリヤは一冊の本を読み込んでいる。光莉は彼の読んでいる本を後ろから覗き込んだ。本のタイトルは見たことないものだったが、中身の感じからいってただの小説本なのだろうということだけは理解できる。

暗号を解くのに何かのヒントになる本なのかな？　と光莉が首を捻《ひね》ったその時、キリヤが急に振り返ってきた。

「なに見てるんですか？」「わわっ！」

光莉は蹈鞴《たたら》を踏みながら、後ずさる。そして、本棚から飛び出していた背表紙に肩をぶつけた。瞬間、本が数冊床に落ち、光莉は慌ててその場に座り込んだ。

「あーぁ、やっちゃったぁ……。どういう順番だったかなぁ」

慌てて本をかき集めると、キリヤが光莉の右手にある本を指さした。

「その本は、あの茶色い背表紙の隣にありました。左手にあるのがその隣。その下にあるのが、あの文庫本の隣に並べられていましたよ」

つらつらと本の並びを教えてくれる彼に、光莉は驚いたような表情になる。

「キリヤくん、全部覚えているの？　記憶力いいんだねぇ。……もしかして、一度見たものは忘れないとか、そういう特殊能力とかがあったりするの？」

「そういうわけじゃありませんが。まぁ、記憶力はいい方ですね」

「いいなぁ。私、その辺からきしだめだから羨ましいよ」

「……本当によく刑事なんかやっていますね」

心底呆《あき》れたようなキリヤの言葉に、光莉は彼の方を見る。

「もしかして、今私のこと無能だと思った？　出来ないやつだと思った!?」

「そのぐらいの察しの良さはあるんですね」

さすがにカチンときた光莉は、唇を尖《とが》らせムキになったような声を出した。

「失礼な。私にだって得意なことはあるんだからね！」

「得意なこと、ですか……」

「信じてないでしょう？」

　キリヤは何も答えなかったが、表情からいって彼の考えは光莉の予想通りだろう。光莉は腰に手を当てながら、キリヤに胸を張る。

「いつかキリヤくんを助けて、『七瀬さんってすごいですね。本当にありがとうございます』って言わせてみせるんだから！」

「それは楽しみにしています」

　キリヤははっと吐き出すように笑った後、また手元の本を捲った。


　入谷家を出る頃にはもう夕方になっていた。これといっためぼしい発見もなく二人は家路に就く。捜査に協力してもらっている民間人をそのまま帰すのは忍びなく、光莉はキリヤに「送るよ」と申し出たのだが、「結構です」と断られてしまった。それでもその場で解散とはいかずに、ひとまず二人は駅まで一緒に帰ることになった。

「それで、明日はどうするんですか？」

「とりあえず、連絡先、交換しない？」

　光莉の提案にキリヤは、表情筋を満遍なく使って嫌がってみせる。頬を引き攣《つ》らせているのに、ここまで完璧に整っているのだから、彼の美形は本物だ。しかし、いくら整っていても、それは光莉に関係ない。元より顔の造形にあまり興味がないのだ。

彼女は隣を歩くキリヤに声を低くした。

「すごく嫌そうな顔するね。一宮さんとは交換してるんでしょう？」

「それはそうですが……」

「一宮さんが良くて私がダメな理由ってある？」

キリヤは口を開いて何か言いかけた後、渋々といった様子でスマホを取り出した。

「確かに、連絡が取れないと不便ですからね。ただ、事件以外の連絡には反応するつもりはありませんから、悪《あ》しからず」

「別にそれで問題ないけど、なんで？」

「……問題ないならいいんです」

意味がわからないといったような表情をする光莉に、キリヤはバツが悪そうにそう言って、メッセージアプリを起動させた。そのまま連絡先を交換する。

「そういえばさ、ちょっと疑問に思ったことがあるんだけど、一つ聞いていい？」

連絡先を交換しつつ切り出せば、彼は「なんですか？」と疲れたような声を出した。

「どうしてキリヤくんって捜査を手伝ってくれてるの？」

瞬間、スマホを操作していたキリヤの指が止まる。

「……一宮さんから何も聞いてないんですか？」「聞いてないよ」「そう、ですか」

何か言いたげなキリヤを視界に収めつつ、光莉はそのまま続けた。

「捜査協力をしてくれた人には、一応お金が出ているみたいだけど、そんなにたくさん出ているわけじゃないでしょう？　お金を稼ぎたいなら、バイトの方が割がいいはずだし。キリヤくん、あんまり他人のことで動きそうもないから、慈善事業ってわけでもなさそうだしさ。どうしてだろうって」

「……僕が言うのもなんですが、七瀬さんはもう少し歯に衣着《きぬ》せた物言いをした方がいいと思いますよ？」

キリヤはそれだけ言うと、頭を掻いた。わずかに伏せられたその目は、何か考えを巡らしているように見える。しばらくして彼は、顔を上げた。

「当たりですよ。僕は他人のために動くのは好きじゃないし、慈善事業も嫌いです。だから僕は、自分自身のために、貴女がた警察に協力をしている」

「それってどんな、りゆ――」

「関係ないじゃないですか」

被《かぶ》せるように放った言葉で、キリヤは光莉を突き放した。その明確な拒絶に彼女が呆然《ぼうぜん》としていると、彼は口角を上げて、形だけの笑みを顔に貼り付ける。

「僕がどんな理由で警察に協力しているかなんて、七瀬さんには関係のないことでしょう？　僕らは互いの利益のために協力しているだけです。だから、踏み入ってこないでください」

「えっと」

「ビジネスライクで行きましょう。お互いに」

キリヤの口元には笑みが浮かんでいる。だけど光莉は、自分と彼の間にはっきりと線を引かれたのを感じた。

5

その日の夜、光莉は自分のデスクで報告書を書いていた。諸々《もろもろ》のことは上司である二階堂寅尾《にかいどうとらお》に口頭で説明をしたが、書類にして他の捜査員と情報を共有するところまでが仕事である。

光莉はパソコンのキーボードを叩きながら、別れる直前のキリヤを思い出していた。

「なんか私、まずいこと聞いたかなぁ……」

あの時のキリヤは本気で光莉のことを拒絶していた。半日一緒にいて、仲良くとまではいかなくても、それなりに話せるような関係を築いていたと思っていたのに、あの最後の質問で彼との間に分厚い壁のようなものができてしまった気がする。けれど、光莉としては失礼な質問をしたつもりはなかったのだ。ただ単純に、本当に純粋な気持ちで「なんで協力してくれるの？」と聞いただけなのである。

光莉はキーボードを叩く手を止め、椅子の背もたれに身体を預けた。ギギギ、と錆《さ》びた鉄のような音が人のまばらな室内に広がる。

「お、やってるな」

飲み屋の暖簾《のれん》をくぐるような言葉をかけてきたのは、先輩刑事である一宮辰彦だった。年齢は五十代前半で、見てくれだけなら暴力団とも張り合えそうな強面《こわもて》刑事だが、蓋を開けてみれば、ただの気のいいおっちゃんデカである。

一宮は缶コーヒーを光莉に差し出し、顔を覗き込んでくる。

「なんだ、その浮かない顔。もしかして、早速、キリヤに揉《も》まれたか？」

「揉まれたというか。私がキリヤくんのことを不快な気持ちにさせたみたいで……」

「不快な気持ち？　キリヤのことだから、どうせお前を突き放すようなことでも言ったんだろう？『近づかないでください』とか、『放っておいてください』とか」

「……見てきたように言いますね」

「まぁ、俺も今までに何度も同じようなこと言われてるからなぁ」

一宮は、苦笑いを浮かべつつ「仕方ねぇなぁ、アイツは」と白髪交じりの頭を掻く。

「キリヤは基本、ひねくれているからなぁ。人に心を開きたがらないんだよ。喩えるなら、手負いの猫って感じだな」

言われてみれば、確かにそんな感じだ。こちらに向かって尾を膨らます黒猫が光莉の頭の中に浮かんで、少し笑ってしまう。同時に、一宮とキリヤの出会いも気になった。キリヤの年齢を知るまで二人は友人だと思っていたが、親子以上の年齢差を考えるに、二人はもしかしたら事件を通じて知り合ったのかもしれない。その事件がきっかけでキリヤは警察に協力してくれるようになった。……そう考えれば、年齢の離れた二人が知り合いなのも、意味深長なキリヤの言葉も、どちらにも説明がつく。

「ま、仲良くしろよ。明日も二人っきりなんだから」

光莉はその言葉に顔を上げた。そして、非難するような声を出す。

「え？　一宮さん、明日も来てくれないんですか？」

「こっちはこっちで忙しいんだよ。明日は相田《あいだ》組の事務所に乗り込むらしくてな」

「それ、組対《そたい》の仕事ですよね？　うちは一応、刑事部なんですよ？」

「仕方ねぇだろ。刑事部は刑事部でも、俺たちは0課《ザツム》なんだから」

そう、光莉たちは捜査一課の人間ではなかった。

刑事部捜査0課《ゼロ》。

それは、現代においてますます複雑化する犯罪に対応するため、臨機応変に動ける人間を常に置いておく場所として、数年前に新設された部署である。

……と、体裁がいい言葉ばかりを並べてはいるが、要は警察組織においての何でも屋で、補充要員を置いておくための部署だ。通称は、雑務課である。組織図的には刑事部に配置されているし、捜査一課長の二階堂寅尾が兼任で課長を務めていたりもするが、彼らの詰所は警視庁の地下にある元倉庫で、依頼があれば、刑事部以外の仕事も手伝ったりする。ちなみに、光莉は先週まで、交通部の運転免許試験場に駆り出されていた。0課に配属されているのは光莉と一宮含めて、現在五人。上としては、使い勝手のいい補充要員をもう少し増やそうとしているらしく、近々増員がかかるのではないかという噂もある。

「それに、キリヤとアポイント取れるやつがもう一人ぐらいいてもいいだろ？　俺が死んだらどうするんだよ」

「もう、そういう不吉なこと言わないでくださいよ」

「何があるのかわからないのが人生だし、俺たちは刑事だろ？」

「そうですけど……」

「で、キリヤとは仲良くなれそうなのか？」

「それは……」

光莉は缶コーヒーのプルタブを開けながら、別れ際のキリヤを思い出す。『ビジネスライクで』、そう言った彼はとても光莉と仲良くしたそうには見えなかった。

「わかんないです。とりあえず、連絡先は交換しました」

まだそれだけの関係だと半ば投げやりにそう答えると、一宮はなぜか嬉しそうに頬を引き上げた。

「お、それはよかった！　なら、わざわざこっちに出向く必要はなかったな」

「もしかして、キリヤくんの連絡先を教えに来てくれたんですか？」

「まぁな。アイツ、ああいう見た目だろ？　過去に色々あったらしくて、女と連絡先を交換したがらないんだよ」

「あぁ、なるほど……」

光莉は連絡先を交換する時のキリヤの躊躇《ちゅうちょ》を思い出しながら頷いた。てっきり光莉のことが気に入らないからあんなに連絡先を交換するのを渋ったのかと思っていたのだが、あれは警戒だったのか。美形というのも苦労をするものである。

「ま、ツンケンしているが、悪い奴《やつ》じゃないからよ」

「はい。それはわかっています」

「そうか、それならよかった。これからもよろしくな！」

にっと歯を見せて一宮は笑う。その顔はどこか子供のことを心配する父親のようで、光莉は二人の関係がなんとなくわかったような気がした。

「連絡先の交換ができてんなら、心配はいらなそうだな！　明日も頑張れよ！」

そう言って光莉の背中を叩くと、一宮はもう用事は終わったとばかりにさっさと踵《きびす》を返して帰っていってしまった。部屋はまた元の静けさを取り戻す。

「ビジネスライク、かぁ」

光莉はキリヤの言葉を思い出しながらそうぼやいた。

キリヤが望んでいるのならば、きっとそうするべきなのだろうと思う。彼との付き合いは仕事としてのものなのだから、おそらくそれでなんの問題もない。だけど、尻尾を膨らませる手負いの猫をそのままにしておいて本当に良いのだろうか。七瀬光莉はそんな割り切った付き合いが出来るような器用な人間だっただろうか。

そんな考えを巡らせながら、光莉はもらった缶コーヒーに口をつけるのだった。

6

九條キリヤは大学内で浮いている。

それは悪目立ちをしているという意味ではなく、どちらかと言えば、高嶺《たかね》の花《はな》のような近寄りがたさで遠巻きに見られてしまっている、というのが正確なところだった。

彼が遠巻きに見られている理由の一つが、特徴的な外見だ。鋭利に切り出された青氷を思わせるようなキリヤの見た目は、どこか浮世離れしていて人が寄りつかない。その上、キリヤ自身も同じ学科の人間と必要以上の交流を持とうとしないので、余計に誰も話しかけてこようとしないのだ。――これが理由の二つ目である。

その日のキリヤは、いつにも増して更に人を寄せ付けない雰囲気を纏《まと》っていた。

(連絡、来てないな)

キリヤは軽く息をつきながら、スマホのメッセージアプリを閉じた。時刻は十四時四十五分を少し過ぎたあたり。三限目の講義が終わったところだった。キリヤは開いていたノートとテキストをカバンに入れて立ち上がると、講義室を後にしようとする。この後の講義はオブラートに包まず言えば不人気で、とっていない学生が多い。だからだろうか、講義室にいる学生はみんなどこか浮き足立っているように見えた。

そんな喧騒《けんそう》から逃れるように、キリヤは講義室から一歩踏み出す。

「どうするつもりなんだろうな、あの人」

キリヤはそうぼやきながら、スマホに視線を落とした。あの人、というのは光莉のことである。実は、今日のことについて彼女からなんの連絡も来ていなかった。一応、キリヤの方から講義が終わる時間を連絡しておいたのだが、まだ返信は何もない。

(今日は、来ないかもしれないな……)

そう思ってしまう原因は、昨日の別れ際のやりとりだ。

『僕がどんな理由で警察に協力しているかなんて、七瀬さんには関係のないことでしょう?』

『ビジネスライクで行きましょう。お互いに』

もしかしたら、突き放しすぎたかもしれないな、とは思う。光莉はそんなことを気にするような人間には見えなかったが、自分が他人の心の機微を上手《うま》く掬《すく》えない人間だというのはわかっていた。ただ、もう一度あの時間に戻っても、キリヤはきっと同じように対応していたと思うのだ。あれは、それぐらい繊細で、触れてほしくない話題だ。少なくともその日知り合った人間にホイホイと告げる話ではない。

（まぁ、いいか）

今までだってそうだった。一宮が他に人をよこしたのも、こうやって連絡が取れなくなったのも、初めてではない。ひどい時にはキリヤの物言いに腹を立てて、出会って三時間も経たずにいなくなった人もいた。でも、それでよかった。むしろ、その方が都合が良かった。だからあえてそうなるように振る舞っていたきらいさえある。変に踏み入ってこられるよりは、こちらに依頼だけ回して、会いたい人物にアポイントを取ってくれる人物でいてくれた方がよっぽど楽なのだ。元より、自分は人付き合い自体があまり得意ではない。特に光莉のような、人との距離が近すぎる人間は苦手中の苦手だ。あの明るさは人の悪意をあまり受け取らずに大きくなった証拠だろう。それを好ましく感じると同時に、どう扱ったらいいのかわからなくなるのだ。

とりあえずもう一度ダメ元で連絡してみよう。殺された入谷勉のことをよく知る人物として、彼を雇っていた三ノ輪議員には会っておきたい。そう思いながら、光莉にメッセージを送ろうとした時だ。

「ごめん、キリヤくん！　遅くなった！」

昨日覚えたばかりの声が鼓膜を震わせた。声のした方を見ると、光莉が肩で息をしているのが見える。昨日とは違ってパンツスーツ姿の彼女は、キリヤの方へ歩いてきながら疲れ切った声を出した。

「さっきまで来客の対応しててさ。メッセージの方も返信できてなくてごめんね？」

「なんで……」

「え？　今日も行くんでしょ。暗号の鍵探し！」

光莉はさも当然とばかりにそう言って、にっと口角を上げた。昨日のことなど欠片《かけら》も気にしていない彼女の様子に、キリヤは何故《なぜ》か少しだけ安堵《あんど》してしまう。

「でも、講義が終わる時間だけじゃなくて、場所も教えといてくれてれば良かったのに。この講義室探すの、結構大変だったんだよ？　事務室の人も無愛想だし！」

光莉の声が無駄に大きいからか、それとも彼女が話している相手がキリヤだからか、変に注目が集まった。講義室前の廊下で、みんな足を止めてこちらを振り返っている。

「そうそう！　今日はキリヤくんに会ったら最初に言おうと思っていたことがあって！　メッセージでも良かったんだけど、こういうのはちゃんとしたいからさ」

「……なんですか？」

「昨日は、変なこと聞いちゃってごめんなさい」

光莉はキリヤに向かって深々と頭を下げる。その行動に、キリヤはたじろぐように しながら「は？」と困惑したような声を出した。

「さすがに踏み込み過ぎちゃったかなぁって」

「いや、あれは別に七瀬さんが謝るようなことじゃ……」

あれは光莉が粗相をしたわけではない。ただ、いきなりキリヤのパーソナルスペースに踏み込んできた彼女をキリヤが警戒してしまっただけなのだ。

突然の謝罪にキリヤが狼狽えていると、光莉は「でも！」と頭をあげる。

「私ね。あれから色々考えたんだけど！　やっぱりビジネスライクはちょっと無理だと思う。確かに、私たちはビジネスライクでも成り立つ関係だと思うんだけど、どうせ一緒に仕事をするなら、仲良くできたらいいなって私は思うよ」

「はぁ……」

「でも、昨日はやっぱり私が悪かったので、これはお詫《わ》びです！」

光莉は頭を下げると同時に手に持っていた白い箱を差し出してきた。キリヤはその白い箱と光莉を交互に見て、「……これは？」と箱の方を指差した。

「ヌーヴェル・マリエのケーキ。一宮さんに聞いちゃった！　キリヤくん、ここのケーキ好きなんでしょ？　甘いものが好きだなんて、ちょっと意外だったなー」

その言葉にいつの間にか集まっていた人だかりがざわめく。いつも澄ましているキリヤが甘いもの好きだというギャップに、みんな動揺しているようだった。

そんな周りの視線に気がつき、キリヤは頬をわずかに赤らめたまま固まる。

「キリヤくんはフルーツのタルトが好きだって聞いたんだけど、ちょうど売り切れちゃってて。ショートケーキにしてみたんだけど、良かったかな？　あ。もしかして、マカロンの方が良かった？　あそこのマカロンも好きなんでしょ？」

……ざわ。

「一宮さんから聞いたよ。女の子ばっかりのカフェに入るのが恥ずかしいからって、たまに買ってきてもらってるんだよね？」

……ざわ、ざわ。

「そういえば、ヌーヴェル・マリエって、店内飲食する人限定で食べられるメニューがあるんだってね。キリヤくん、前々からあれ食べてみたかったんでしょ？　もし良かったら今度――」

「七瀬さん！」

人生で一、二度しか出したことのないような荒れた声で、キリヤは光莉を止めた。

そして、彼女の手首をやや乱暴に摑《つか》む。突然のことに驚いた光莉が目を白黒させた。

「え、キリヤくん？」

「いいから行きますよ！」

キリヤは光莉の手を引きながら、まるで逃げるようにその場を後にするのだった。

7

「どうせ話し合いをするなら、今日はヌーヴェル・マリエにしない？」

そんな光莉の提案で二人は喫茶ヌーヴェル・マリエにやってきた。そこは古いビルの一階に入っている雰囲気のあるカフェだった。チーク色の家具が全体的に大人っぽく、窓辺にはドライフラワーが飾られている。入り口には対面式のショーケースがあり、中には趣向を凝らした可愛らしいケーキと色とりどりのマカロンが並んでいた。

そんなカフェの一角に光莉とキリヤはいた。窓際のテーブル席だ。二人の目の前にはそれぞれケーキと飲み物が置かれており、キリヤの方に置かれているのが、店内で飲食する人限定で食べられるというモンブランだった。一方、光莉の前には彼女が持ってきたショートケーキが置いてある。実は店員が光莉のことを覚えていて、『もし良かったら、お皿に出してご提供しましょうか？』と提案してくれたのだ。買ったときはあまり考えていなかったが、確かにケーキは長く持ち歩くのに向いていない。

というこことで、お詫びのケーキはまた帰りに買って帰ることにして、箱に入っていたショートケーキは光莉が食べることになったのである。

光莉は「いただきます」と手を合わせた後、フォークでケーキの端を切り崩し、口に運ぶ。そして、目を輝かせた。

「わ。ここのケーキ、本当に美味《おい》しい！　スポンジはふわふわだし、クリームもちょうどいい甘さだし！」

仕事のことなど忘れたように、光莉はそう頬を緩ませた。キリヤもそれを見てモンブランを口に運ぶ。フォークが口の中に入った瞬間、彼の目がわずかに見開かれるのを、光莉は見逃さなかった。

「キリヤくん、美味しい？」「……まぁ」「よかった！　今度、私も頼んでみよー」

はしゃいだような声を出す光莉に、キリヤのフォークが止まる。そして、暫《しばら》く黙った後に、彼はこう切り出してきた。

「一口、食べますか？」

「へ。いいの？」

「どうぞ」と皿を差し出すキリヤに、光莉も自分の皿を差し出した。

「それじゃ、キリヤくんもこっち食べる？」

「僕は良いです。食べたことがありますから」

「そう言わないで。美味しいよ？」

「知っています」

「それに、もらってばかりも悪いからさ」

光莉は否応《いやおう》なしにお皿を交換すると、キリヤの食べていない方からモンブランにフォークを突き刺した。そして、少しもためらうことなく口に運ぶ。

「わ。こっちも美味しい！　下の生地がサクサク！　キリヤくんが食べてみたかったのもわかる気がする！」

「……大きな声でそういうことを言わないでください」

「別に恥ずかしがることじゃないのに。あ！　一人で来るのが恥ずかしいならさ、彼女さんとかと一緒に来たら良いんじゃない？」

瞬間、キリヤの眉間に皺が寄った。その顔には『この人、面倒くさいな』と書かれてあるように見える。彼は息を吐くと、ショートケーキにフォークを突き刺した。

「恋人はいません。作る予定もありません」

「そうなんだ。モテそうなのにー」

「人間関係って、深くなれば深くなる分だけ、面倒じゃないですか」

だから作らないんです。と言外に言って、キリヤはケーキを口に運ぶ。モテそう、なのを否定しないあたりがさすがだ。キリヤの言葉に、光莉は首を捻った。

「人間関係って、そんなに面倒かなぁ？」

「面倒ですよ」

「私、あんまりそんな風に感じたことないから、よくわかんないや」

「それは、七瀬さんが特殊なだけだと思いますよ。多かれ少なかれ、そう感じている人は多いと思います」

キリヤの言葉に、光莉は「そうかなぁ」と呟いたあと、「でもさ」と切り返す。

「深く付き合っちゃう人とは、どうあがいても深く付き合っちゃうものだと思うなぁ」

キリヤの顔が上がり、視線が絡んだ。その顔はどこか驚いているように見える。

「どれだけ嫌でもさ、望んでいなくてもさ。そういうのって、もう逃れられない運命みたいなものだと思うよ？　家族とか、友人とか。ほら、キリヤくんと一宮さんだってそうでしょう？」

「僕と一宮さんが？」

「そうそう。……って、なんで嫌そうな顔してるの!?」

「おじさんと逃れられない運命って。普通に考えて嫌でしょう？」

とてもケーキを食べているとは思えない表情で、彼は背もたれまで身を引いた。そんなキリヤの反応に、光莉は目を瞬かせる。

「でも、仲良くしてるよね？　少なくとも、ここのケーキを頼むぐらいには！」

「あれは、一宮さんがお節介なだけなんですよ。僕は、ここのケーキが好きだ、って、前に一度言っただけなんです。なのにあの人、毎回ここを通りかかる度に、僕にケーキを買ってくるんですよ。『どうせお前、一人じゃ買いに行けないだろ？』って……」

「そうなんだ？　一宮さんらしいね。でも、それが嫌なわけじゃないんでしょう？」

「まぁ、ここのケーキが好きなのは本当ですしね」

素直じゃない調子でそう言って、キリヤは手元にあった珈琲に口をつける。光莉はそんな彼に笑みを浮かべた後、辺りを見回した。

「そういえばさ。キリヤくんはどこでヌーヴェル・マリエのケーキを知ったの？　一人でお店に来たりはしないんでしょう？　友だちとかと来たの？　もらったとか？」

その質問にキリヤは暫く逡巡《しゅんじゅん》した後、持っていたフォークを机に置いた。

「……最初は、妹に連れてこられたんですよ。半ば無理矢理」

突然の身内話に、光莉はわずかに椅子から腰を浮かした。

「へぇ。キリヤくん、妹さんいるんだ！　どんな子？　綺麗な子？　可愛い子？」

「綺麗でも可愛くもないですよ。……落ち着きがなくて、強引で、元気だけはありあまっていて。でも、僕と違ってよく笑う子でした」

妹のことを思いだしているのだろうか、キリヤの口元に笑みが浮かぶ。

「もしかしたら少しだけ、七瀬さんに似ているかもしれませんね」

たった今思い至ったというようにそう言われ、光莉は「ちょ、ちょっと待って!?」と声を上ずらせた。

「妹さん何歳?」「十五歳」「私、二十四歳だけど!?」「精神年齢的にはそのぐらいでしょう?」「えぇー……」

光莉の弱り切った声に、キリヤの口元に笑みが浮かぶ。十五歳の少女に似ていると言われ喜んでいいのかどうかわからなかったが、彼の笑みを見ていると、まぁそれでいいか……と、反論する気も消え失《う》せた。つられるように、光莉の口角も上がる。二人は互いの皿を元に戻し、食べ続ける。気のせいかもしれないが、なんだか少しだけ、キリヤとの心の距離が近くなったような気がした。

「それで、今日はどうしますか?」

キリヤがそう切り出してきたのは、お互いのケーキが半分ほどになってからだった。光莉は飲んでいたカフェオレのグラスから唇を離し、「それなんだけど」と姿勢を正す。

「今日は三ノ輪さんに会おうと思って! 雇用主だった彼なら、入谷さんのことよく知ってそうだよね」

「いいんじゃないですか。僕もちょうど会えれば良いと思っていた人物ですし。……アポイントは取ったんですか？」

「今朝取っておいたよ。今から一時間後に、選挙事務所で会うことになってる」

キリヤは「そうですか」と一つ頷いたあと、何か思いついたように顔を上げた。

「そういえば、今日は来客の対応をしていたと言っていましたが、事件の関係者ですか？」

「あ、うん。『入谷さんが死んだことで少し話がしたいから、捜査員と会わせてくれ』って、警視庁まで乗り込んできた人がいてね。他の捜査員が出払っているからお前が対応しろって、二階堂さんが。あぁ、二階堂さんっていうのは――」

「二階堂さんのことは知っています。で、乗り込んできたのは遺族の方ですか？」

「違う、違う。衆議院議員の築地聡《つきじさとし》さんってわかる？　あと、その議員秘書の人」

光莉はそう言いながら、キリヤの目の前に二人の名刺を置いた。片方は『築地聡』。もう片方には『恵比寿博《えびすひろし》』と書かれている。どちらも三十代半ばの男だった。

築地聡。彼は飛ぶ鳥を落とす勢いの、若手政治家である。大物議員の汚職問題にも臆さず踏み込み、自分と意見が違えば総理大臣にだって噛《か》み付くという狂犬っぷりを発揮し、若者を中心に人気を集めている。彼が他の議員を断じる様は最早《もはや》ショーの様相を呈しており、ニュースでもよく取り上げられる人物だ。

恵比寿の方は、名刺に書いてあるとおり単なる築地の議員秘書である。

「それで、この方たちがどうかしたんですか？」

「なんていうかね。簡単に言えば、捜査で見つけた証拠を流して欲しいって話で」

キリヤは「はぁ？」と眉を顰《ひそ》める。光莉は彼らが来た時のことを思い出していた。

築地と恵比寿が来たのは光莉が三ノ輪にアポイントを取り付け、キリヤに連絡を取ろうとしていた、まさにその時だった。光莉は二階堂に命じられるまま二人を迎えにロビーまで出向き、そのまま空いていた会議室に二人を通した。すると、挨拶もそこそこに、築地は真剣な面持ちでこう切り出してきたのだ。

「入谷さんを殺した犯人ですが。私は三ノ輪議員が怪しいんじゃないかと思っています」

その言葉に光莉が困惑した声で「どういうことですか？」と問うと、築地は自分の考えを語り始めた。彼が言うには、入谷が殺されたのは、彼が三ノ輪の汚職を告発しようとしたからだというのだ。入谷は少し前から三ノ輪の金の流れを調べていたらしく、築地の議員秘書である恵比寿に何度か相談に来ていたらしい。

築地はここでさらに声を潜めた。

「もし、捜査の過程で汚職の証拠が見つかったら、私に連絡してきてほしいんです」

「どうしてですか？」

「三ノ輪議員は警察の上層部とも繫《つな》がりがあります。なので、このまま証拠を上げても握り潰される可能性がある。その前に私が……」

その先は言わなくてもわかった。つまり、それを使ってショーをするのだろう。

光莉は築地にバレないように嘆息した。彼が入谷の死をただのイベントとしか思っていないことがわかったからだ。どういう思惑があるにせよ、少しぐらい悲しんでいる素振りを見せればいいのに、彼にはその素振りさえもない。

「もしかして、何かわかったことでもありましたか？」

光莉の様子をどうとったのか、彼は期待がこもった表情でそう聞いてきた。

「いえ、特には……」「本当ですか？」「守秘義務もありますので」

愛想笑いを浮かべながらそう暗に情報の横流しを断る。すると、築地は光莉が何かを隠しているとでも思ったのか、更にギアを上げてきた。

「守秘義務なんて、大事の前には意味無いことですよ！　あ。その手帳、ちょっと見せていただけませんか？」

「ちょっと、勝手に！」

瞬間、机の上においてあった手帳を掠め取られた。そしてパラパラとめくられる。

「ん？『サル　イエス　ワラエイ』？　恵比寿、何のことかわかるか？」

「いえ。私にもなんのことかさっぱり……」

「返してください！」

光莉は大慌てで築地の手から手帳をひったくる。そして胸に抱えた。

「すみません。何か隠されていると思ったものですから。でも、やっぱりまだ大した情報はまだ見つかってないみたいですね」

そう言って、築地と恵比寿はほとんど同時に立ち上がった。

「今晩から地方に行くので明後日までいませんが、それ以外はいつでも予定を空けられます。なので、何かわかったら先ほど渡した名刺の方に連絡ください」

断られるとは思っていない様子でそう言って、彼らは会議室を後にしたのだった。

「と言うか、手帳を机の上に出しっぱなしにしていたんですか？　不用心ですね」

「だって、築地さんがあそこまで強引だなんて思わなくてさぁ」

「だとしても、相手は情報を横流ししてくれって来たんですから、もうちょっと警戒してもよかったと思いますよ？」

「それは……はい。反省しています。でも二人とも何も知らないってことはわかったよ」

そこでカフェの壁にかかっている時計が低い音を響かせた。鐘が五つ。十七時だ。

そろそろ三ノ輪に会いに行かなくてはならない時間だろう。

二人は同時に立ち上がると、揃ってカフェを後にするのだった。

8

二人が三ノ輪の選挙事務所から出る頃には、もう空には星が瞬いていた。

「結局、めぼしい話は聞けなかったね」

「そうですね」

光莉は肩を落とす。三ノ輪の話は用意していた台詞を読んでいるかのような、感情のないものだった。これまでにも何度か捜査一課が三ノ輪のもとを訪れており、その時の報告書も光莉は見たことがあるのだが、今日の会話はその報告書の内容とまったく同じものだった。

『真面目に働いていた』『トラブルは抱えていなかった』『犯人に心当たりはない』

違うのは「また警察の方ですか」と嫌な顔をされたことぐらいである。

「暗号のことを聞いても、さっぱりって感じだったね」

「まぁ、あの顔は何も知らなそうでしたね」

というか、興味がない、という感じの顔だった。三ノ輪からしてみれば、勉は十数人いる私設秘書のうちの一人にすぎないのだろう。悪く言えば、単なる数字だ。

「一体、誰が犯人なんだろうね。浮気相手だった仁瀬芙美さん？　それとも、汚職を疑われていた三ノ輪さん？　奥さんである弥生さんは無いとは思いたいけど、否定する証拠もないし」

「僕の目的は暗号を解くことなので、犯人が誰かということには興味がありません」

その塩対応っぷりに、光莉は眉を寄せたまま「えぇ……」と声を出した。

「ただ、築地さんという方の話を考慮するなら、あの暗号は汚職の証拠の隠し場所を示している、というのは考えられる話ですね。そう考えれば、入谷さんのカバンが荒らされていたことも、スマホだけが持ち去られていたことも説明がつきます」

「汚職の証拠、スマホの中にあったのかな？」

「どうですかね。最近のスマホはセキュリティがしっかりしていると言っても、パスコードさえあれば誰でも開けられますから。果たして、命を狙われるほどの重要な情報をそんなところに隠すのか。今の時代ハッキングとかもありますしね」

「命を狙われるほどの重要な情報かぁ。私なら金庫に隠すかもなぁ」

「金庫、ですか。家にはそれっぽいものはありませんでしたが、どこかの貸金庫に預けているという可能性はありますね」

「それじゃぁ、『サル　イエス　ワラエイ』は、金庫の場所を表しているとか？」

「……かもしれませんね」

もう話すことも無くなったからか、二人の間に沈黙が落ちる。別に沈黙が苦痛なわけではないけれど、黙ったままなのもどうかという気がして、光莉は再び口を開いた。

「そういえば、この辺だよね。入谷さんの家」

「あぁ、そうですね」

「寄ってく？」

「……なんで？」

心底意味がわからないというような表情でキリヤは光莉を見下ろす。

「弥生さんにもう一度話を聞けるかもしれないし。それに励ましてあげたいなぁって」

「励ます？　それって警察の仕事じゃないですよね？」

「うん。でも、いま一人で心細くしていると思うし。何か力になれるかもなって」

「……お節介」

「え。何か言った？」

光莉がそう聞き返した瞬間。

「きゃあぁぁ――!!」

女性の叫び声が耳を劈《つんざ》いた。今まで話題に出していたからか、その声はどこか弥生を連想させる。二人はどちらからともなく声のした方向に走り出した。

叫び声はやはり弥生のものだった。というのも、二人が入谷の家の前を通ったちょうどその時、もう一度「やめて！」という女性の叫び声が聞こえたのだ。

光莉はインターフォン横の門を飛び越えると、すぐさま玄関まで走る。しかし鍵が閉まっていて玄関の扉は開かなかった。どうしようかと視線を巡らせていると、庭の方から「七瀬さん！」というキリヤの声が聞こえてくる。慌てて声のした方に向かうと、庭にある掃き出し窓が開いているのが見えた。クレセント鍵の位置にあるガラスは割られていて、一目で誰かが侵入したのだということがわかる。

光莉は、先行していたキリヤに続き、家の中に入る。すると、リビングの中心で弥生が頭を抱えてうずくまっていた。キリヤはそんな彼女の隣に膝をついて様子を確かめている。光莉が追いついた事に気がつくと、キリヤは「彼女は任せました。僕は二階の方を見てきます」と言い、すぐさま階段を上がっていってしまった。

「弥生さん、大丈夫ですか!?」

駆け寄りながら、光莉がそう声をかけると、弥生は恐怖で白くなった顔を上げる。

「主人の書斎に、知らない人がいて……」

「知らない人？」

「書斎にあった皿をじっと見つめていたんです。それで、恐る恐る声をかけたら追いかけられて。ここで、こけてしまって……」

直後、光莉たちが入ってきたということだろう。

でも待てよ、と光莉は思考を回《めぐ》らす。玄関の鍵は閉まっていた。出入りする場所はこの掃き出し窓しかない。そして、掃き出し窓から出ていった人を光莉は見ていない。

それはつまり、この家の中にまだ犯人がいるということで――

（キリヤくんが危ない――！）

そう顔を上げた時だった。フルフェイスのヘルメットをかぶった黒ずくめの男がこちらに向かって花瓶を振り上げている光景が目に入った。弥生に気を取られていたせいだろう、こんなに近くに来られるまで気配にまったく気が付かなかった。光莉はやってくるだろう衝撃に弥生の頭を守るように抱え、目を瞑《つぶ》る。

何か陶器のようなものが割れる音。その直後に軽い舌打ちと走り去る男の足音が耳に入ってくる。しかし、いつまで経っても光莉自身に衝撃はなく、「あー、くそ」という、苦しそうなキリヤの声だけが遅れて耳に届いた。

光莉はキリヤの声に目を開ける。すると、キリヤがそばで膝をついていた。彼の頭には指の第一関節ぐらいの、小さな陶器の破片がいくつか載っかっており、彼の足元にはそれよりも大きな破片が無惨な姿を晒《さら》している。

自分たちを庇《かば》って殴られたのだ。光莉がそう理解するのに時間はかからなかった。

俯《うつむ》いたキリヤの頭からボタタ……と血が落ち、身体から力が抜ける。

「キリヤくん！」

光莉がそう叫ぶと同時にキリヤは倒れ、意識を失ってしまった。

9

それは、三年前の記憶だった。

「お兄ちゃん。楓《かえで》ちゃんのこと振ったでしょ？」

そう言って、ソファーに寝転がるキリヤを覗き込んできたのは、妹のヒナタだった。

彼女は高い位置で結んだポニーテールを揺らしながら、どこか怒ったような表情でキリヤのことを見下ろしている。キリヤは読んでいた本を顔の位置から下げて、げんなりとした顔で妹のことを見上げた。

「なんで振っちゃうかなー。楓ちゃん、可愛いじゃん！　というか、仲を取り持った私のことも考えて欲しいよねー。私たちの友情にヒビが入ったらどうするの？」

「それはそれで、仕方がないだろ」

楓というのはヒナタの友だちだ。ここ最近、よく家に遊びに来ると思ったら、どうやら妹とそんな話になっていたらしい。ヒナタはますます唇を尖らせる。

「私はね、なにも振るなって言ってるわけじゃないんだよ？　お兄ちゃんのことだから、正直無理だろうなぁって思ってたし！　ただ、もう少し穏便に事を済ませて欲しいって言ってるわけ。わかる？」

「わからない……」

「楓ちゃん、お友だちからでもいいって言ったんでしょう。いいじゃん。友だちぐらい、なってあげればー」

「面倒だろ」

キリヤの返答にヒナタは「はぁ……」とどこか疲れたようなため息を吐き出した。

「お兄ちゃんってさ、正直、結構な人嫌いだよね。友だちも増やそうとしないし、恋人なんか論外だし！　……というか大丈夫？　クラスの人たちと仲良くやってる？」

「何の心配をしてるんだよ」

「よく考えたら、クラスメイトと和気藹々《わきあいあい》としているお兄ちゃんって想像できないなと思って。いや、真面目な話、大丈夫？　クラスで浮いてない？」

親のような心配をし始めたヒナタに、キリヤはソファーから身体を起こし、立ち上がった。そして、彼女から離れるようにキッチンまで歩くと、冷蔵庫を開ける。中に入っていた麦茶のピッチャーを取り出し、中身をグラスに注いでいると「お兄ちゃん！」と焦《じ》れたようにヒナタが近づいてきた。

「……煩わしいのが嫌いなんだ。別に僕は今の人間関係だけで満足している」

先ほどの答えだと言わんばかりにそう言えば、ヒナタは「煩わしいって……」と眉を顰める。キリヤが麦茶を飲んでいる間、ヒナタは黙ってじっと兄の顔を見上げていたが、彼がグラスを置くと同時に口を開いた。

「私ね、運命ってあると思うんだ」

「は？」

「どれだけ今の人間関係で満足していてもさ、面倒くさいって思っていてもさ。深く付き合う人とは、どうあがいても深く付き合っちゃうものだと思うんだ。家族とか、友だちとか。……だから、そういう人と出会ったら、お兄ちゃんも抵抗なんかせずに、もう諦めた方がいいと思うよ。どうせ無駄だからさ」

「……さっきから何目線なんだよ」

「人間関係の先輩目線？」

そうおどけてみせるヒナタに、キリヤは心底嫌そうな表情を浮かべる。

「大丈夫。人間関係をサボってるお兄ちゃんでも、きっとわかるよ。そういうのはね、考えるものじゃなくて、感じるものだからさ」

10

　キリヤが運ばれたのは近くの総合病院だった。その西棟六階に、外科の入院病棟がある。上司である二階堂への報告を終えた光莉は、スマホを握り締めたままキリヤがいる病室の扉の前に立っていた。光莉はプレートの名前を何度も確認すると、慎重に扉を開ける。すると、先に入っていた一宮が丸椅子に座ったまま「よぉ」と片手をあげた。一宮が座っている奥で、キリヤは瞼を閉じたまま眠っている。

「二階堂、怒ってたろ？『警察官が民間人に庇われてどうする！』って」

「……もしかして聞こえていましたか？」

「まさか。そんな気がしただけだ」

　一宮は肩をすくめながら息を吐き出すようにして笑う。光莉は憂鬱な表情のまま、そんな彼の隣に立った。視界にキリヤを捉えたまま、二人は会話を交わす。

「お前、落ち込んでんなぁ。でもま、今回のことは仕方ねぇだろ」

「いいえ、これは私の落ち度です。私がちゃんと周りに気を配っていれば、キリヤくんがこんなふうに怪我《けが》をすることは……」

「つっても、軽い脳震盪《のうしんとう》だろ？　命に別状はねぇんだから、あんまり気にするな」

「でも……」

「お前が落ち込んだって、何も前にはすすまねぇよ。落ち込んでいますアピールで、構ってほしい年齢でもねぇだろ？」

そう言うが早いか、一宮は光莉の背中を思いっきり叩いた。乾いた音が病室内に響き渡り、彼女の背が伸びる。その平手打ちは光莉のことを鼓舞しているようでも、激励しているようでもあった。

光莉は前につんのめっていた姿勢を元に戻すと、背中をさする。

「一宮さん、痛いです」「痛くしたからな」「私は良いですけど、他の人にはこういうことやらない方が良いですよ」「お、独占欲か？」「違いますよ。パワハラかセクハラで訴えられちゃいます」「あー、それは確かに勘弁だな」

一宮は困り顔で額を掻く。そんな彼に光莉は向き合った。

「でも、ありがとうございます。少しだけ元気が出てきました」

「そうか。ならよかった。お前は元気しか取り柄がないからな」

「その言い方は、ひどくないですか？」

「元気だけでも取り柄があるんだから良いだろ？」

「そういうもんですか？」

「そういうもんだ」

光莉は一息ついたあと、自らの頬を両手で挟み込むようにして三回ほど叩く。そして「よし！」と声に元気を乗せた。それを見ていた一宮の口角も上がる。

それからしばらく、二人は事件のことを話していた。キリヤの側《そば》にずっとついていた光莉は知らなかったが、あれから一宮も入谷家の捜査に参加したらしい。調べによると、忍び込んだ人間はまだ特定されておらず、だがやはり時期が時期だけに、殺人事件との関連が疑われているということだった。

「弥生さんはどうされていますか？　怪我とかは？」

「身体の方はなにも。とは言っても、あのままにしておけねぇからな、ホテルに避難させた。ただ怯《おび》えちまってまともに話が出来る状態じゃなくてなぁ。家に侵入してきた人物に心当たりがないってことぐらいしかわからなかったよ」

一通り情報交換を終えた二人は、同時に缶コーヒーに口をつける。それは、いつぞやのお礼にと、先ほど光莉が自販機で買ってきたものだった。

「それにしても、キリヤくんのご家族さん遅いですね。一宮さん、連絡してくれたんですよね？」

「あぁ、一応連絡はしたが。……って、お前何も聞いてないのか？」

「何がですか？」

「キリヤの家族のこと」

一宮の話し方に妙な違和感を覚えた光莉は、慌てたように耳を塞いだ。

「もしかしてそれ、キリヤくんが捜査協力している理由に何か関係ありますか？」

「関係あるって言うか……」

「ダメです！　言わないでください！」

光莉はさらにぎゅっと両耳を塞ぐ。

「実は、前にキリヤくんから、踏み込んでくるなみたいなことを言われていまして！」

「あー。まぁ、あいつならそう言いそうだけど。……別にいいだろ」

「よくないですよ！」

「つっても、多分いつかは知ることにはなると思うぞ？」

「そ、それでも！」

光莉は両耳を押さえたまま声を張る。

「それでも！　キリヤくんが私に教えたくないというのなら、それは私が聞くべき話じゃないと思います！　私はキリヤくんを傷つけたいわけじゃないんです！」

「お前は本当に律儀というかなんというか――」

「別にいいですよ。聞いても」

「へ？」

声のした方に顔を向けると、キリヤが目を覚ましていた。光莉ははっと息を止めた後「キリヤくん！」と声をあげる。起き抜けに聞く甲高い声に、キリヤは顔を背けながら「もうちょっと声を小さくしてください」と眉を寄せた。

「寝たふりとはせこいことするなぁ」

「今起きたんですよ」

一宮の言葉にキリヤはそう言いながら身体を起こす。光莉は「大丈夫？」と身体を支えようとしたが、キリヤからは「平気ですよ」と、やんわり断られてしまった。

キリヤは身体を起こし終えた後、光莉に視線を向ける。

「安易に踏み込まれたくない話ではありますが、別にどうしても隠したい話ってわけじゃないですから。そもそも最初は、一宮さんが話していると思っていましたし」

「さすがの俺も、あんなことをホイホイと言いふらしたりはしねぇよ」

「今まで寄越《よこ》された人で、最初から知っている人も何人かいましたよ？」

「そりゃ、多少は調べたりもするだろ。『暗号解読士』って一体どんな人物なんだ、って。ま、七瀬はそこまで頭が回らなかったようだが」

そう言いながら親指で指され、ちょっと萎縮してしまう。確かに、出会う前にその人物について調べようという発想は、光莉にはなかった。警視庁のデータベースで調べれば、これまでの事件関係者なら情報が出てくるはずだ。どうやって一宮と知り合ったかぐらいは、そこで簡単に確認することが出来たはずである。

「頭が回らなかったというよりは、人が好《い》いってだけじゃないですか？　今から会う人間が犯罪に関わっていたかもしれないなんて、なかなか思わないですよ。普通」

「お、珍しくフォローするじゃねぇか」

「一般論を述べているだけですよ。というかそれ、やめてくださいっていつも言ってるじゃないですか」

「それ？」

「暗号解読士ってやつです。正直、恥ずかしいんですよ。僕はただの大学生なのに」

光莉はそんな二人の会話をおろおろとした表情で見つめていた。結局自分は話を聞いて良いのだろうか、それともいけないのだろうか、それがわからない。

そんな光莉の様子に気がついたのだろう、キリヤは彼女に視線を向けると、声のトーンをわずかに落とした。

「僕が警察に協力している理由は、妹を殺した犯人を捕まえるためです」

「妹さんを、殺した犯人？　え、じゃぁ……」

光莉の目が見開かれる。まさか今日話題に出た人間が死んでいたなんて思わなかったのだ。そんな彼女の反応を予想していたのか、キリヤはそのまま淡々と続ける。

「妹が死んだのは三年前の九月。家のリビングで何者かに腹部を刃物で一突きにされて亡くなっていました。死因は失血死。……第一発見者は、僕でした」

どこまでも淡々と、キリヤは感情をなくしたような声でそう説明してくれる。それはきっと感情を乗せては話せない内容だからなのだろう。何もかもを押し殺して、事実だけを並べないと説明できない事柄。その事実に光莉の胸は締め付けられる。

「ヒナタの右手の小指は切り落とされていて、犯人に持ち去られていました。切り口には生活反応があったので、まだ息があるうちに切り落とされたんだと思います」

「そんな……」

「ひどいですよね。でもヒナタは最後の力を振り絞ってダイイングメッセージを残しました。それがこれです」

そう言って彼はポケットから小さな手のひら大の手帳を取り出す。その中には一枚の写真が挟まっていた。キリヤは二つ折りにしていたそれを光莉に差し出す。

その写真にはキリヤの妹であろう人物の指先とフローリングの床が写っていた。フローリングの床には血で『イロ』と書かれている。

「これが？」

「はい。ヒナタは犯人に見覚えがあったんでしょう。だから僕にこれを残した。……だけど、僕はこれがどうしても解けない」

「キリヤくんでも解けないの？」

「いつかは解きます。けれど今は、……解けていない」

声にはどうやっても拭えない悔しさが滲んでいた。きっとこの三年間、彼は妹の残した最期のメッセージと必死に向き合ってきたのだろう。だけどどれだけ考えても、答えは見つからない。そこに犯人の影が見えているのに、捕まえられない。

黙ってしまったキリヤの言葉を、一宮が引き継ぐ。

「だからこいつは、妹さんの事件でなにか進展があったら、その情報を渡すことを条件に警察に協力してんだよ」

「まぁ、そういうことですね」

キリヤの両親は妹の事件をきっかけに離婚。さらに、彼を引き取った父親は現在海外で仕事をしているため、よっぽどのことがない限り見舞いには来ないのだという。

ちなみに一宮とキリヤは彼の妹の事件で知り合ったらしい。当時、一宮は捜査一課に所属しており、キリヤの妹の事件を担当していたのだそうだ。

光莉はキリヤの話を聞いた後、俯き、どこか落ち込んだような声を出した。

「なんかごめんね。そんな辛《つら》いこと言わせて……」

「別にいいですよ。もう過ぎたことです」

「それと、ありがとう。教えてくれて」

「別に、お礼を言われるような事は何もしてないです」

いつも通りのつっけんどんな態度でキリヤはそう言った。しかし、その声には少し覇気がない。おそらく、光莉に話したことでキリヤ自身が妹のことを思い出してしまったのだろう。

「でもなんで教えてくれたの？　前は嫌がったのに」

「特に意味はないですよ。単なる気分です」

光莉は「気分……」とキリヤの言葉を繰り返す。彼は光莉に視線を一瞬だけ向けた後、何故か不服そうに視線を逸《そ》らした。

「まぁ、そういう運命かなって」

「運命？」

「気のせいだったら良いなとは思います」

「なんのこと？」

そうこうしていると一宮のスマホが鳴り響いた。彼はキリヤと光莉に断りを入れると病室から出て電話を取る。そしてしばらく話した後、病室に戻ってきた。

「すまん。俺はそろそろ行くな」

「仕事ですか？」

「あぁ。今日の仕事は終わったはずなんだがな」

ここのところ一宮は組対の応援に駆り出されている。どうやらそちらで動きがあったようだった。一宮が去り、病室にはキリヤと光莉だけが残される。

「それで、どうなったんですか？」

「え？　どうなったって……」

「僕が殴られた後です。あの後、弥生さんから何か話は聞きましたか？」

「あ、聞いたよ！　って言っても、ほとんどが一宮さんからの情報なんだけどね」

そう前置きをして、光莉は一宮から聞いた話と、キリヤが殴られる直前の弥生との会話を話して聞かせた。書斎に知らない人間がいたこと。犯人が部屋にあった皿をじっと見つめていたこと。弥生に襲いかかってきたこと。書斎はこれでもかと荒らされていたこと。結局犯人はわからないということ。

すべてを伝え終えると、キリヤは険しい表情になった。

「書斎にさ、お皿なんてあったっけ？」

「ありましたよ。棚の上に飾ってありました。あれは確か瀬戸物の……」

キリヤは口元を覆い、しばらく固まった。そんな彼を視界の隅に置き、光莉は「やっぱり汚職の証拠を探しているのかな？　でも、入谷さんが犯人だとすると、三ノ輪芙美って人だし……」と呑気《のんき》な声を出す。「仁瀬芙美さんが犯人だとすると、三ノ輪議員と彼女がグルってことなのかな？　でも、三ノ輪議員の周りにそんな人いないし、それなら偽名を使ったってことに……」「七瀬さん、まずいです」「え？」

キリヤが顔をあげた。その表情にはどこか焦りがある。

「もしかしたら、犯人はもう入谷さんの残した暗号を解いたかもしれません」

キリヤの言葉に光莉の目が大きく見開かれる。

「七瀬さん。ちょっと調べて欲しいことがあるんですが、いいですか？」

光莉はキリヤの頼みを聞き、「わかった。調べてくるね」としっかりと頷いた。

11

入谷勉には、気に入らないところがたくさんあった。

昔から、私より勉強ができたところ。身長が高くて、顔も良かったところ。どんなスポーツもそつなくこなせたところ。どんなやつからも好かれるところ。それに付け加えて努力ができるところ。素敵な奥さんをもらったところ。いつも僻《ひが》んでばかりいる私を友人と呼んでくれたところ。優しくしてくれたところ。なのに、私の罪を見逃してくれなかったところ。

だけど、それでも、私は入谷を殺したかったわけじゃない。死んで欲しかったわけじゃない。ましてや自分で手を下したかったわけじゃない。

ならどうして、私は入谷を殺してしまったのだろうか。

そうだ。こうなったのは、すべて入谷が悪い。

私が横領をしたのだって、お金があれば入谷に勝てるかもしれないと思ったからだ。帳簿を見られたのだって、入谷が勝手にパソコンを触ったから。今こうして、いつ捕まるかもしれない恐怖に怯えているのだって、入谷が死んだせいだ。

全部、全部、あいつが悪い。

だけど、そんな憂鬱も今日で終わりだろう。だって、このロッカーに入っているものを処分すれば、私が横領をしていた事実も消えて、入谷を殺した動機もなくなる。そうすればきっと警察も自分を追っては来られなくなるだろう。

私はロッカーの中央部分にあるタッチ画面を、慣れた手つきで操作する。

ロッカー番号は713、暗証番号は5617。

これらはすべて、入谷が最期に遺《のこ》したメッセージに書いてあったことだ。でも、どうしてだろう。どうして入谷はあんな方法でメッセージを残したのだろう。だって、あんな書き方をしたら、私に隠し場所がバレてしまうじゃないか。というか、私以外に、あの暗号は解けないかもしれない。——どうして。

「……まぁ、いいか」

そんなことは考えなくて。だってこれでもう、私は安心して眠れるのだから。

私はロッカーの扉をゆっくりと開ける。しかし、それと同時に、背後に複数人の気配を感じた。私はロッカーの扉を開けきる前に、振り返る。

「恵比寿博さん。貴方に殺人の容疑がかかっています。ご同行願えますか？」

いつか見た若い女性の刑事がこちらに向かって厳しい声を出した。

12

キリヤが殴られてから二日後、東京駅。

「恵比寿博さん。貴方に殺人の容疑がかかっています。ご同行願えますか？」

光莉は、築地聡の議員秘書である、恵比寿博を見据えながらそう低い声を出した。

恵比寿は開けようとしていたロッカーを再び閉めて背に隠す。それと同時に何人かの刑事が恵比寿を囲んだ。その中には組対の仕事を終えた一宮もいる。

「どうして……」

「どうしてって、入谷さんが遺したものを取りにきた人間が犯人なのは――」

「違う！　どうしてお前たちにあの暗号が解けるんだ！」

光莉の言葉に恵比寿はロッカーに張り付くようにしながらそう声を荒らげた。

その質問に答えたのは光莉の後ろにいたキリヤだった。

「エビスノワライガオ、ですよね」

恵比寿はハッとした表情で固まる。そんな彼に、キリヤは淡々とこう続けた。

「この暗号の鍵は『符牒《ふちょう》』でした」

暗号の答えしか聞いていなかった光莉は、符牒という単語に首を捻る。そんな彼女の表情に気がついたのだろう、キリヤは光莉を見てから、一つため息をついた。

「符牒というのは隠語の仲間で、同業者や仲間内でのみ通じる言葉のことです。仕入れ値などを客に知られるのは価格交渉に入ったときに不利になってしまいますから、そういう時に使うものになります」

周りにいる捜査員に説明する体で、キリヤは光莉にそう説明してくれる。

「エビスノワライガオというのは、瀬戸物商で使われていた符牒です。瀬戸物というのは愛知県の瀬戸市周辺で作られる陶磁器の総称。入谷さんのご実家も愛知県の瀬戸市にありました」

これは光莉が追加で調べてきた情報だった。奥さんの話から入谷の実家が愛知にある事は知っていたのだが、それが詳しくはどこの市なのか、親戚がどんな仕事をしているかまでは調べていなかった。この情報を手にした時、光莉は初めてキリヤが言っていた意味を呑み込んだ。確かに、暗号を作った人がどんな人で、誰に何を伝えたかったのかを知ることは、暗号を解くための鍵になる。

「そして、関係者の中でもう一人、愛知県の瀬戸市出身の方がいました。それが貴方です、恵比寿さん。貴方と入谷さんは、中学の頃、同じ学校に通っていたそうですね。こちらでは確認できませんでしたが、もしかしてその時に、貴方と入谷さんは交流があったんじゃないですか？」

「なんで……」

「七瀬さんから、築地さんと恵比寿さんの話を聞いたとき疑問に思ったんですよ。どうして入谷さんは貴方に三ノ輪議員の相談をするのだろうと。そして、築地さんはどうしてそれを当たり前のように話すのだろうと。でも、貴方と入谷さんが友人で、それを築地さんが知っていたのだとしたら、そこに疑問は生じなくなる。そして、そう仮定すると、貴方がこの暗号を解けた理由にもちゃんと説明がつくんですよ。貴方は過去に瀬戸物の符牒の話を、入谷さんから聞いていたんですよね？」

図星なのだろう、恵比寿はキリヤの言葉に何も答えることなく奥歯を噛み締めた。

「さて、ここまでで鍵は揃いました。あとは暗号を紐解くだけです」

それはまるで、キリヤの決まり文句のように、あたりに響く。

「瀬戸物の符牒である『エビスノワライガオ』には、それぞれ上から一から九までの数字が当てはまることになります。エが一で、ビが二、というふうにね。これを入谷さんの残した暗号に当てはめてみます。すると『サル　イエス　ワラエイ』というのは、『サル　七一三　五六一七』となります」

　恵比寿は黙ったまま息を呑む。

「次に考えるべきことはこの暗号が何を表しているかということです。築地さんの話によると、入谷さんは三ノ輪さんの汚職を追っていた。犯人が入谷さんの持ち物を漁《あさ》ったり、家に侵入したりしていたことから、犯人の目的はその汚職の証拠で間違いないでしょう。それならば、『サル　七一三　五六一七』が示す証拠の隠し場所はどこなのか」

　キリヤは長い指で自分の立っている場所を指す。

「入谷さんは殺される直前、ここ、東京駅に寄っています。これは防犯カメラで確認済みです。東京駅でものを隠す、もしくは預けるとするのならば、コインロッカーしかありません。つまり『サル　七一三　五六一七』はコインロッカーとその暗証番号を示していたんです」

商人の符牒
【瀬戸物商】

オ＝九	ガ＝八	イ＝七	ラ＝六	ワ＝五	ノ＝四	ス＝三	ビ＝二	エ＝一

この話を最初に聞いたとき、光莉は感心してしまった。東京駅のコインロッカーは全部で五千以上ある。その中の一つに秘密を隠したのならば、たとえ隠し場所が東京駅のコインロッカーだとわかってしまっても、例の暗号を解かない限り、本人以外には探し出せないだろう。

「東京駅のコインロッカーでサルと言えば、八重洲《やえす》中央口通路コインロッカーA。サルの絵が描いてあるロッカーですね。そして、七一三というのはコインロッカーの番号。五六一七はロッカーを開けるための暗証番号になります」

キリヤは淀《よど》みなくそう言ってのけた後、恵比寿の背に隠れているロッカーを指した。

「そして、その中に入っていたのは三ノ輪議員の汚職の証拠ではなく、貴方の横領の証拠だった」

「な、なんの根拠があって！」

「根拠は、入っていたUSBメモリの中身です」

キリヤがポケットからUSBをとりだすと、恵比寿は閉口した。

「貴方がくる前に確保して、中身も確認しています。言い逃れは出来ませんよ」

恵比寿はどこか諦めたように全身の力を抜いて、ロッカーに背中を預けた。

キリヤはそんな彼を、感情の薄い目で見つめる。

「僕の考えている事件の全容はこうです。貴方は入谷さんに横領の証拠を握られて脅されていたか、自白するように説得されていた。しかし、それに従うことができなかった貴方は、入谷さんの殺害を考えるようになる。事件の夜、貴方は入谷さんを呼び出しました。『自白する用意ができた』とか『もう一度相談したい』とか言ったんでしょうね。そして待ち合わせ場所にやってきた入谷さんを貴方は襲った。その後、貴方は彼の持ち物を探ったはずです。目的はこのUSBメモリ。しかし、どれだけカバンを漁ろうが目的のものは見つからなかった。だから貴方は自分とのやりとりが残っているスマホだけを持って、その場を後にしたんです。しかしその後、入谷さんは目を覚まし、最後の力と自分の血を使って、ダイイングメッセージを遺した」

それが例の『サル　イエス　ワラエイ』だ。

「貴方がそのダイイングメッセージの存在を知ったのは、七瀬さんに会いに行った時ですね。そう、築地さんが彼女の手帳を無理矢理見た時です。貴方は最初、その言葉になんの意味があるのかわからなかった。意味に気がついたのは、USBメモリを探しに入谷さんの家に押し入った時でした。書斎に飾ってある瀬戸物の皿。貴方はそれを見て符牒を思い出し、入谷さんが遺した暗号の意味に気がついたんです。しかし、今から東京駅に向かう時間はない。なぜなら貴方はそのあと築地さんに付き合って地方に行かなくてはならなかった。貴方はどうするか悩んだはずです。仮病を使って築地さんとの予定をキャンセルすることも考えたと思います。しかし貴方はそれをしなかった。なぜなら、入谷家に侵入者があったその日に仮病を使ってロッカーに赴けば、何か怪しまれてしまうかもしれないと考えたからです。それよりは、こちらに帰ってきた日に堂々と訪れる方が怪しまれるリスクが少ない。それと、この暗号は自分にしか解けないという謎の自信があったからかもしれないですね。ともかく僕たちは、貴方の慎重さと慢心に救われました」

キリヤの話を聞いて光莉がUSBメモリを確保したのは、キリヤがなぐられた翌日だ。翌日と言っても明け方だが、それでも恵比寿が入谷家を襲ったその足で東京駅に向かっていたらきっと間に合わなかった。

「ちなみに、入谷さんの浮気相手と言われている『仁瀬芙美』ですが、あれは恵比寿さんですよね？　瀬戸物の符牒で恵比寿は一二三という意味になる。いくら友人とはいえど築地さんの議員秘書と連絡を取り合っているとバレたくない入谷さんは、貴方のことを仁瀬芙美、つまり、一《ひと》せ二《ふ》三《み》と登録していた」

「違いますよ」

恵比寿の静かな声に、キリヤは口を閉ざし、光莉は「え？」と小さな声を出した。

「あれは、アイツの単なるおふざけです。中学生の頃、私たちは同じ地域に住んでいながら親同士の仲が良くなくて、連絡を取り合うことも禁止されていました。学校では親の目がないので話せるんですが、電話もメールも禁止という状態で。そんな時、アイツが『仁瀬芙美』という名前を作ったんですよ。これなら女の名前だし、バレないだろって。その時に符牒のことも知りました」

「それは、自白と取りますがいいですか？」

光莉の言葉に恵比寿はそれ以上何も答えなかった。ただ下唇を噛み締めて悔しそうにうつむいている。一宮が視線で周りの警察官に恵比寿を取り囲むように指示をした。

「くそぉぉぉぉ！」

恵比寿は顔を跳ね上げる。そして、いきなり走り出した。拳を振り上げて彼が襲いかかる先は、光莉だ。恵比寿の行動に隣のキリヤは咄嗟《とっさ》に動いたのだが、一宮に腕を摑んで止められてしまう。

「なに──！」「大丈夫だよ、アイツなら」

そんな会話が隣で交わされているのを聞きながら、光莉は構えた。彼女は襲いかかってくる恵比寿のスーツのジャケットを摑むと、姿勢を低くして懐に一歩踏み入る。

「そう、何度も何度もね！」

彼女は自分の肘を相手の脇に滑り込ませると、相手の上腕を挟んだ。

「やられるわけにはいかないのよっ！」

そのまま光莉は、勢いを利用しながら恵比寿を背負い投げした。パーン、という小気味の良い音と共に恵比寿の身体が床に叩きつけられる。あまりの出来事に呆然としている恵比寿を彼女はすぐさまひっくり返し、膝で上半身を固定すると腕を捻り上げた。

「い――!!」

「八時三十二分、とりあえず公務執行妨害で逮捕します。余罪は後程」

光莉は雄々しくそう宣言しながら、彼の手首に手錠をかけた。そんな光景を親指で差しながら、一宮がどこか自慢するような声色をキリヤに向かって出した。

「アイツ、頭はそんなに良くないし、どうしようもないお人好《ひとよ》しだが、うちの刑事部の中では一番か二番かに強いんだよ。同期の中では負け知らずだったらしいし、剣道も柔道も有段者で黒帯。あんなにヒョロっこいやつ、油断してなきゃ負けねぇよ」

「ね！　得意なことがあるって言ったでしょう？」

光莉もにっと歯を見せてキリヤに笑いかけた。

背の丈が一八〇以上もありそうな屈強な男性警察官に両脇を抱えられても、恵比寿は抵抗を止めなかった。もう何もかもどうでもいいのだろう、彼は考えつく限りの暴言を吐きながら大暴れしている。

「アイツが全部いけないんだ。入谷がいけないんだ！　アイツが、アイツが全部」

「貴方は、入谷さんがどうしてあんな形で最期の言葉を残したのかを考えたことはないんですか？」

恵比寿の前に立ち、キリヤはそう冷たい声を出した。

「あの暗号は、貴方に向けて作られたものです。彼が衆議院式速記を独学で身につけようとしていたことも貴方は知っていただろうし、符牒だって貴方との思い出の中にあるものだ。つまり、入谷さんは貴方にだけあのＵＳＢのありかを託したんです。この意味が本当にわからないんですか？」

「それは……」

「僕が考えるに、入谷さんは貴方がその証拠を持って自首してくれるのを望んでいたんじゃないですか？　今際《いまわ》の際《きわ》で、貴方が更生してくれることを祈っていた」

キリヤのその言葉に恵比寿はぐっと言葉を詰まらせた。

「入谷さんに対して少しでも悪いという気持ちがあるのなら、貴方は正直に話すべきです。それが貴方の償いになり、入谷さんへの供養になると思います」

13

恵比寿が捕まった翌日、光莉とキリヤの姿は喫茶ヌーヴェル・マリエにあった。

裏取りの捜査や、その後の取り調べなどは捜査一課の人間が対応するらしく、比較的暇になった光莉は、事の顚末《てんまつ》を話そうとキリヤを呼び出したのだ。『暗号が解ければいい。犯人には興味がない』と宣っていたキリヤなので、来てくれるか心配だったが、意外にも素直に彼は応じてくれた。

「恵比寿さん、あれからすぐに自供したみたいだよ」「そうですか」「親同士の仲が悪いせいで学生時代は入谷さんと比べられて育ったみたい」「へぇ」「一緒にいて楽しくないわけじゃなかったけど、やっぱり焦りの方が強かったって」「ふーん」

「あれ？　なんか興味ない？」

「はい、あまり。僕はケーキを奢《おご》ってくれるというので来ただけですし」

そう頷くキリヤの前には、前回来た時と同じモンブランが置かれていた。どうやら光莉が思っているよりもキリヤはここのモンブランを気に入ったらしい。光莉はキリヤの淡白な反応に苦笑を漏らしつつ、自分も目前のモンブランにフォークを刺す。

「でもよかった！　これで弥生さんにいい報告ができるからさ」

「いい報告？」

「もちろん、入谷さんが死んだのはどうにも変えられない事実だけどさ。入谷さん、浮気してなかったわけでしょ？　仁瀬芙美は結局、恵比寿さんだったわけだし。その報告だけでもできたらいいなって思って」

「……そうですか」

「私が思うに、入谷さんが離婚しようとしていたの、弥生さんのためなんじゃないかな。恵比寿さんの凶刃が弥生さんに向かないように、自分から切り離しておこうと考えたんじゃないかなって」

光莉はそこまで言うとモンブランを口に運ぶ。そして「やっぱり美味しい！」と頬を緩ませた。一方のキリヤは、フォークを止めると机の上に置いた。その行動に光莉が「キリヤくん？」と首を傾《かし》げる。

「暗証番号って、一般的にどんな番号が多く選ばれると思いますか？」

「え。暗証番号？　えっと、それは文字数とかにもよると思うんだけど……」

「四桁だったら？　四桁の数字」

「それなら１２３４とか、１１１１とかも人気だそうです。不用心ですが」

「んん？　ちょっと、話がどこに向かってるか、よくわからないんだけど？」

いきなり始まったキリヤとの不可解な会話に、光莉は眉を寄せる。

そんな彼女に構うことなくキリヤは淡々とこう続けた。

「もう一つ、人気の数字があるんですよ」

「人気の数字？」

「誕生日です。四桁の数字と聞いて、誕生日を思い浮かべる人間は結構多い。防犯上の理由から配偶者や子供の誕生日に設定する人も多いらしいです」

それが何だと言うのだろうか。やっぱり話の先がまったく見えてこない。

「七瀬さん、入谷さんが設定したロッカーの暗証番号を覚えていますか？」

「覚えてるよ！　５６１７でしょう？」

「入谷さんの誕生日は？」

「え？　ちょっと待ってね」

光莉はスマホを取り出し、何かあった時のためにと撮っておいた捜査資料を開く。

そして、誕生日が見えるように指で拡大した。

「五月六日だね！」

「次は、恵比寿さんの誕生日は？」

「一月七日。って。え、５６１７？　暗証番号と同じ数字？　え。でもなんで!?」

光莉はこれでもかと目を見開く。捜査資料は読み込んだはずなのに、ロッカーの暗証番号が二人の誕生日を合わせたものだということにまったく気が付かなかった。

「どうしてかはわかりません。恵比寿さんの秘密を隠すからその数字にしていたのか、それとも、偶然その数字を選んだのか。もしくは、僕らの想像も及ばないもっと強い想《おも》いが、入谷さんにあったのか。彼が亡くなった今となっては、真実は闇の中です」

「もっと強い想い……」

その時、光莉は弥生が言っていた言葉を思い出す。

『主人は、離婚したい理由を「他に好きな人がいるから」と言っていました。「最近気持ちに気がついた」とも』

入谷勉の好きになった人。それは本当に存在しなかったのだろうか。

光莉の頭に、もしかして、がよぎる。

「ダイイングメッセージというのは最期にこの世に残す、人生で最も強い言葉です。それが彼の場合は恵比寿さんに向けての言葉だった。彼の更生を願う言葉だった。その意味をどう受け止めるかは個人の自由ですが。僕が思うに、入谷さんが最期に思い浮かべていたのは、奥さんである弥生さんの顔ではなく、恵比寿さんの顔だったのではないかと思います」

そう言い切った後、キリヤはモンブランを食べるのを再開した。

彼のフォークと皿が軽くぶつかり合う音が、落ちてしまった沈黙を優しく揺らす。

(ダイイングメッセージは最期にこの世に残す、人生で最も強い言葉、か)

そう言った時のキリヤの目は、入谷でも恵比寿でもない、もうこの世にいない誰かに向けられているような気がした。

第二話　狙われた執事喫茶

1

洗練されたウォルナットの机と椅子、頭上に輝くシャンデリア。磨き上げられた床材に、鼓膜を揺らす心地よいクラシック音楽。馥郁《ふくいく》とした珈琲の香りが鼻腔《びこう》をくすぐり、食器たちの擦れ合う音に背筋が伸びる。

そこは執事喫茶、インタールード。非日常を提供するコンセプトカフェでありながら、本格的な英国式の喫茶も楽しめると評判のカフェである。

そのカフェには、最近入ったばかりのフットマンがいた。愛想がいいとは言えない態度でテーブルの前に立つ、燕尾服《えんびふく》を着た一人の男性。手足は長く、顔は整いすぎているほどに整っているが、そのこめかみにはなぜか青筋が立っていた。

「おかえりなさいませ。お嬢様……」

そんなフットマンを前にして、光莉は冷や汗を頰に滑らせる。

（やっぱりキリヤくん怒ってるー！）

こんなことになってしまった理由は数日前に遡る。

2

入谷勉の事件から二ヶ月後、六月某日。

光莉の姿は再び帝都大学にあった。大学にあるカフェテラスで、彼女は捜査資料をテーブルに滑らせながら、目の前の彼に深々と頭を下げる。

「ってことで、今回もどうぞよろしくお願いします！」

「別に七瀬さんに頼まれなくても、依頼ということなら手伝いますよ」

いつも通りのつれない態度で捜査資料を受け取ったのは、キリヤだった。

彼の受け取ったA４の資料には正方形が描かれている。正方形は縦にも横にも七等分に区切られており、中には一文字ずつひらがなが入っていた。ひらがなの並びはランダムのように見える。

「これは？」

「都内にある執事カフェに届いた怪文書です。これまでにも三通ほど同じようなものが届いていたそうなんですが、今回はこんなものまで同封してあったそうで……」

光莉が差し出したのは一枚の写真だった。そこには、ダークブラウンの柄がついたナイフが写っている。刃の形状はボウイナイフと呼ばれるものだ。

「三通目まではただの悪戯《いたずら》だと思って放置していたそうなんですが、今回は刃物が届いたということで恐ろしくなり警察に届けたそうです」

「残り三通の怪文書も見せてもらって構いませんか？」

「はい。こちらになります」

光莉はキリヤの前に三枚の怪文書のコピーと三枚の写真を滑らせた。暗号文は同じようなもので変わり映えはしない。どれも正方形の表の中に一文字ずつ文字が入っている。違いといえば、中に入っている文字が違うところだろうか。写真の方は怪文書と同時に届いたものだそうで、『五円玉』『ワイングラス』『すりこぎ棒』のそれぞれが写っている。光莉はそれぞれの怪文書の隣に写真を並べた。

キリヤは写真を見てしばらく考え込んだ後、一番近くにあったナイフと一緒に入っていた怪文書を手に取る。そして、口を開いた。

「『いんたーるーどはごみ。きえろ』」

光莉は驚いたように目を見開く。そんな彼女の表情に気がつくことなく、キリヤは次に五円玉と一緒に届いたという怪文書を手にとる。

「『みせをつぶす。かくごしろ』」

そして今度は、ワイングラスとすりこぎ棒と一緒に届いた怪文書を手にとった。

「『みせをしめろ。さもなくばもやすぞ』『あべかわにてんばつがくだりますように』」

「キリヤくん読めるの？」

光莉は、仕事をするときのかしこまった口調を一気に砕けさせ、前のめりになった。

覗き込んでくる光莉の頭を押し戻しながら、キリヤは「ええ。そんなに難しいものでもなかったので」と冷静な声を出す。そして、写真と怪文書に指を置いた。

「この『五円玉』『ワイングラス』『すりこぎ棒』『ナイフ』は、それぞれ『貨幣』『聖《せい》盃《はい》』『棍棒《こんぼう》』『刀剣』を表しています。そして同時に、トランプの『ダイヤ』『ハート』『クラブ』『スペード』を表してもいるんですよ」

「え？　五円玉が貨幣で、ダイヤ？」

意味がわからないというような顔をする光莉に、キリヤはまるで子供に教えるようにゆっくりと噛み砕いて説明をする。

「トランプの起源は一三二〇年にイタリア北部で作製されたトラッポラ・カードだと言われています。当時のマークは、聖職者や僧侶を表す『聖盃』、領主や貴族を表す『刀剣』、商人を表す『貨幣』、農民及び労働者を示す『棍棒』の四つが描かれていたそうです。それが時を経て、『ハート』『スペード』『ダイヤ』『クラブ』となったんですよ」

「えぇっと。それぞれがトランプのマークを表しているのは分かったけど、それでどうしてあの怪文書が読めるってはなしになるの？」

「後は簡単ですよ。トランプのマークをなぞるように読めばいいだけです」

キリヤは怪文書の上に指を滑らせた。指の動きに合わせて、光莉が文字を読む。

「『いんたーるーどはごみ。きえろ』——って、ほんとだ！」

「その調子で他の文書も読めますよ」

光莉は興奮冷めやらぬといった感じで、キリヤの手元にあった怪文書を手繰り寄せる。そして先ほどのキリヤと同じように怪文書に指を滑らせた。

「『みせをつぶす。かくごしろ』『みせをしめろ。さもなくばもやすぞ』『あべかわにてんばつがくだりますように』。ほんとうだ！　すごいすごい！」

「子供みたいに喜びますね」

呆れたような口調だが、その口元にはわずかな笑みが浮かんでいる。

「ちなみに、『いんたーるーど』と『あべかわ』というのは？」

「『いんたーるーど』は、怪文書が送られた執事喫茶インタールードのことだと思う。『あべかわ』は、執事喫茶のオーナーの安《あ》倍《べ》川《かわ》睦《むつ》さんの事かな」

光莉はキリヤの前に安倍川のプロフィールを滑らせる。

トランプの暗号

五円玉＝貨幣＝ダイヤ

る	ぺ	ぉ	み	ぱ	や	く
せ	ぅ	せ	つ	ろ	ほ	り
っ	を	ゑ	ぽ	ょ	し	れ
っ	も	わ	ょ	め	ひ	ご
づ	ぶ	だ	ぇ	ゐ	く	ぶ
ま	ひ	す	ご	か	ぎ	ひ
せ	は	ご	。	ち	ぬ	も

ナイフ＝刀剣＝スペード

む	ど	だ	い	よ	た	ゅ
べ	げ	ん	あ	ろ	だ	ゆ
こ	た	ぎ	ぱ	り	え	き
ー	て	く	う	に	ら	き
る	こ	す	り	へ	ぜ	。
し	ー	ど	を	ご	み	け
ぜ	を	ち	は	っ	の	ざ

ワイングラス＝聖盃＝ハート

ょ	せ	み	べ	す	や	も
を	ご	づ	ぞ	ろ	ゅ	も
し	し	ふ	ぬ	ぐ	ど	ば
め	り	じ	え	っ	わ	く
ね	ろ	け	ど	ぽ	な	へ
ま	も	。	め	も	し	ざ
ゃ	し	ぇ	さ	は	す	ぞ

すりこぎ棒＝棍棒＝クラブ

ふ	れ	あ	に	う	や	ぅ
ゑ	ょ	べ	だ	よ	お	せ
つ	わ	か	か	す	ま	よ
に	つ	げ	ゑ	も	ぉ	り
て	ろ	ぜ	ん	ぉ	り	だ
し	ん	ば	お	が	く	い
を	だ	ぐ	つ	め	ど	ぐ

安倍川睦、三十五歳、男性。執事喫茶インタールードのオーナー。

写真に写っている彼は、長い髪を後ろで一つに纏めた、なかなか面のいい男だ。

「この人、逮捕歴があるんですね」

「といっても、示談が成立しているから、不起訴だけどね」

罪状は不法侵入と盗撮。心霊スポットとして有名な廃墟《はいきょ》に入り、定点カメラをいくつか置いたらしい。問題だったのはそこが私有地で、たまたまカメラを確認した日にオーナーと鉢合わせしたことだった。

「取り調べでは『心霊現象を撮りたかった』って証言したみたい」

「怪文書との関係は？」

「どうなんだろ。その辺もまた調べてみるね」

「お願いします」

そんな会話を交わした後、光莉は解読し終わった怪文書たちを並べて、首を捻った。

「これは、お店への脅迫文ってことになるのかな？」

「具体的なことは何も書いていませんが、雰囲気的にはそうでしょうね。ただ、どうして脅迫文を暗号で書いたのかは気になりますが……」

「どういうこと？」

「そもそも、本当に罪を犯す人間は脅迫文なんか出したりしません。誰にも知らせず速やかに犯行を行います。それが、一番邪魔が入らない方法ですからね。それならどうして脅迫文なんかを出したりするのか。脅迫文を出す理由は様々ありますが、最も大きな理由の一つに、相手を困らせたい、怖がらせたいというものがあります」

「つまり、嫌がらせ？」

「そうです。だから、脅迫文を暗号で書くというのは理にかなった行為じゃないんですよ。嫌がらせが目的なら、読めない脅迫文なんて脅迫文たり得ない」

「それなら、どうして――」

その時、光莉のカバンからスマホの着信音が鳴り響いてきた。スマホを取り出すと画面には『一宮辰彦』と表示されている。光莉はキリヤに断りを入れて電話をとった。

「はい、七瀬です。一宮さん、どうしましたか？」

『また届いたぞ』

「届いた？」

『例の執事喫茶に怪文書が届いたんだよ。画像を送るから、キリヤに見せてくれ』

そう一宮が言い終わるか終わらないかのところで、メールが届いた。どうやらあらかじめ準備していたらしい。メールには一枚の写真が添付されており、その写真には例の怪文書と同じものが写っている。

光莉はカバンからイヤフォンを取り出すとスマホにつけて片方をキリヤに渡した。

これで、一宮からの電話を二人で受けることができる。イヤフォンの片方を受け取ったキリヤが「なんで有線なんですか」と渋い顔をしたが、光莉が「無線のイヤフォンはすぐ無くしちゃうから……」というと、妙に納得した表情で「なるほど」と呟く。

キリヤはイヤフォンを耳につけると、スマホに表示された写真に視線を落とした。

「一宮さん。この暗号文以外に何か別のものは送られていませんでしたか？　コインとか、ワイングラスとか」

『ん？　それが今回は何もついてなかったぞ。この怪文書だけ届いた。それが、何か問題があるのか？』

「いえ。一応、届いたものすべてを撮って送ってくれますか？　封筒とか、切手とか。その辺のものもよろしくお願いします」

『あぁ、わかった。ちょっと待っていてくれ』

一宮はそう言った後、電話を切った。そして数分後、画像が届く。写真はいくつか送られてきたが、被写体に寄ったり引いたりしているだけで、写っているものはどれも変わらなかった。怪文書とそれが入っていた封筒。この二つのみである。

「キリヤくん、これ……」

光莉が不安そうな声を出す。先ほどと同じ要領では暗号が解けないとわかったからだ。キリヤは口元を押さえながら写真をまじまじと見つめる。

「少し時間をもらえますか？」

結局その日、キリヤは怪文書を解くことができなかったのである。


そして、翌日——

「で、どうして僕がこんなことをしないといけないんですか？」

キリヤは怪文書が届いたとされる執事喫茶、インタールードの控え室にいた。彼が身に纏っているのは、執事喫茶の制服である燕尾服である。黒いモーニングカットのジャケットも、灰色の襟付きベストも、白い石の光るクロスタイも、おり目正しいスラックスも、とても彼に似合っているのだが、燕尾服の持つ恭しさとは正反対の彼の表情が全体的な雰囲気を台無しにしていた。光莉はそんなキリヤに苦笑いをこぼしつつ、今日何度目かわからない説明を再び口にする。

「だから。昨日、キリヤくんに解いてもらった怪文書の結果を二階堂さんに報告したら、解けなかった五枚目のこともあって、一応インタールードに警備をつけるって話になりまして」

「それは聞きました」

「ただ、刑事部の男性に執事の格好をさせたら、それはそれで無理があって」

「そういう趣向の喫茶だということにしたらいいじゃないですか」

「その上、オーナーの安倍川さんにも『こんなむさ苦しい執事なんて置けない』って言われてしまい……」

「だからって、どうして僕なんですか。僕が請け負っているのは暗号を解くことだけで、こんな格好をして働くことは――」

「でも、ほら。今回は暗号解けなかったし！」

光莉の何気ない一言に、キリヤは頬を引き攣らせる。自分の発言が彼の痛いところをついていると気がついた光莉は、慌てたように「あ、ごめん！　そういう意味じゃなくてね」とフォローを入れる。しかし、フォローされたこと自体が悔しかったのだろう、キリヤの顔はますます険しくなった。

「七瀬さんって、割と平気で人の傷口抉ってきますよね？　しかも悪気なく」

「だからごめんって！」

「そういうのが、一番タチが悪いんですよ。わかってますか？」

「わかっていませんでしたけど、今わかりました。すみません」

光莉の謝罪にキリヤはしばらく口角を下げたままだったが、やがて、諦めるように一つため息をついた。

「まぁ、いいですよ。今回暗号が解けなかったのは本当ですしね」

「え、本当!?」

「ただ、脅迫文を送ってきた人物を突き止めたら、そこでここの手伝いは終了にします。捜査が打ち切られても僕は一切協力しなくなるので、悪しからず」

キリヤのかなり譲歩してくれた案に、光莉は「うん！　よろしくお願いします」と深々と頭を下げた。そしてキリヤは店員として振る舞いながら、暗号文を送った人間を探し出すことになったのである。

3

それから三日後、現在——

「おかえりなさいませ、お嬢様」

「お茶のおかわりをお持ちいたしましょうか？」

「本日の紅茶はディンブラとなっております。ストレートでもミルクでも美味しく召し上がることができますが、どちらでお持ちいたしましょうか？」

キリヤはインタールードで、意外にもテキパキと仕事をこなしていた。最初は、愛想笑いのひとつもしないキリヤが接客業なんてできるのかと心配していたが、意外や意外、彼はすぐにインタールードに馴染《なじ》んでいた。無表情だし、基本的に態度もつれないのだが、それが逆に素敵だという人が結構多く、もうすでにキリヤ目当てにインタールードに通う客もいたりする。もっと冷たい目で見下されたい、そっけない言葉をかけてもらいたいと、騒いでいる客たちを見た時はちょっとびっくりしてしまったが、今ではそういう趣味の人もいるのだと納得している。オーナーである安倍川は「できれば捜査が終わっても、ずっとこのままいてほしいなぁ」と結構本気のトーンで言っていたが、キリヤ本人はすごく嫌そうな顔をしていたので、安倍川の願いが叶《かな》うことはおそらくないだろう。

脅迫文はあれから届いておらず、インタールードは何事もなく営業を続けている。光莉も警備が始まってからずっと客として執事喫茶に通っているが、やはり何も変化は見られなかった。

（もしかして、ただの悪戯だったのかなぁ）

そんな考えが頭をよぎった時、「あの、この飲み物、頼んだものと違うんですが……」という客の声が聞こえてきた。店の中をすべて見渡すため、入り口付近のフロアの隅に席を取っていた光莉は、声のした方向を見る。そこには蓬颯太《よもぎそうた》というフットマンがいた。キリヤと同じ燕尾服を着た彼は「あぁ、すみません！」と、飲み物を下げる。

蓬颯太、二十一歳。本業は大学生で、インタールードへはアルバイトとして通っている。頻度は週四日ぐらいだ。彼の特徴といえば、少しおっちょこちょいで、時々あんなふうに飲み物や食事を間違えたりすることだろう。しかし、それが女性客の母性本能を刺激するらしく、フットマンとしての人気はとても高いらしい。

その証拠とでも言うのだろうか、インタールードでは追加料金を払えばフットマンの指名ができるのだが、蓬はいつもひっぱりだこになっていた。

その中でも特に、彼に夢中になっているのが久寿千里《くずせんり》という人物である。久寿は二十代前半の若い女性で、蓬のシフトを熟知しており、この三日間も必ず蓬のいる時間帯に来ては一番高い食事とお酒を頼んでいた。

蓬を指名する人で目立っている人はもう一人いた。こういうカフェに来るには珍しい、五十代の女性だ。予約表に書いてあった名前は羽二重真里《はぶたえまり》。彼女も常連で、いつも同じ席に座るのが特徴の客である。見た目は有閑マダムといった感じの上品なおばさまで、久寿と同じように毎回蓬を指名するのだが、彼に固執しているというわけではなく、彼女はいつも窓の外を見ながらニコニコとしていた。もしかすると、羽二重は従業員とのおしゃべりよりもカフェの雰囲気を楽しみに来ているのかもしれない。

従業員と常連客の情報は、あらかじめオーナーの安倍川にお願いして用意してもらっており、光莉は頭の中でその資料をめくる。

（悪戯ならそれでいいんだけど、キリヤくんの言っていたことも気になるしなぁ）

『脅迫文を暗号で書くというのは理にかなった行為じゃないんですよ。嫌がらせが目的なら、読めない脅迫文なんて脅迫文たり得ない』

光莉は頭の中でキリヤの言葉を反芻《はんすう》させる。脅迫文を暗号で書く理由。それは一体何なのだろう。もしかするとその理由こそが、この執事喫茶に脅迫文を送りつける理由なのではないのだろうか。

そんなことを考えていると、「きゃぁ！」と甲高い声がして、目の前を通っていた人影が下に沈んだ。光莉の向かいにある椅子に足を引っ掛けたのだということはすぐさま理解できて、光莉は「大丈夫ですか!?」と立ち上がる。直後、近くにいたのだろう蓬が駆け寄ってきて、その人物を助け起こした。

「ごめんなさい。ちょっと足元が見えてなかったわ」

恥ずかしそうに顔を上げたのは、羽二重だった。彼女は身体を支える蓬に「ありがとう」と微笑《ほほえ》み、立ち上がっていた光莉に目を留めた。

「貴女もごめんなさいね、驚かせちゃって」

「あ、いえ。私は大丈夫です。それよりお怪我は無かったですか？」

「平気よ。それよりも、貴女、あまり見かけない顔ね。最近ここを知った方かしら？」

「あ、はい。……わかりますか？」

「ええ。私はここに通って長いもの。いつも来る人の顔はなんとなく覚えているわ」

羽二重はそこまで言うと、光莉の向かい側の椅子を指差して首を傾げる。

「これも何かの縁だし。もしよかったら、ここ、いいかしら？」

「え。ここ、ですか？」

「ええ。実は、いつも座る席が埋まっていて、どこに座ろうか迷っていたのよ」

羽二重の視線が窓際にある席の方へと向く。そこには別の女性客が座っていた。

「ダメかしら？」

「い、いえ！　ダメじゃないです！」

特に断る理由もない上に、ここの常連である彼女ならば何か情報を持っているかもしれないと考えた光莉は、そう首を横に振った。すると、羽二重は「ありがとう」と微笑んで、席に腰を下ろす。同時に蓬がメニューを運んできた。

「羽二重様、本日はどうなさいますか？」

お嬢様と呼ばないのは、きっと彼女は常連だからだろう。羽二重がメニューから紅茶とケーキのセットを選ぶと、蓬は一礼して背中を向けた。

「えっと、羽二重さん、でいいんですかね？」

「ええ、構わないわ。貴女は？」

「七瀬光莉と言います。呼び方は、お好きなように」

「それじゃ、光莉さん、と呼ばせてもらおうかしら」

彼女は口元に手を当てながら、うふふ、と楽しそうに、そして上品に笑う。

「羽二重さんは、ここの常連さんなんですね？」

「そうよ。もうここに通って二年ぐらいになるわ。……あら。もしかして、おばさんが若い子に熱を上げているのが気持ち悪かったかしら？」

「そんなこと！」

「冗談よ。そんな必死になって否定して。光莉さんは、優しい人なのね」

羽二重の目尻に皺が寄る。初めて話してみた彼女は、想像していたよりもずっと気さくで可愛らしい女性だった。光莉はそんな羽二重の態度に安堵しつつ、彼女がいつも座っている席の方をチラリと見る。

「いつもあの席に座っておられるんですよね？　いつからあの席に？」

「割と最初からよ。私ね、あそこからの景色をとても気に入っているの。雨の日なんかすごく素敵なのよ」

「へぇ。雨の日、ですか？　どんなものが見えるんですか？」

「秘密」

羽二重は口元に人差し指を立てて、ふふふ、と少女のように笑う。

「あそこからの景色は、私の宝物なの。でも、もしよかったら貴女も座ってみて。もしかすると貴女にも、私と同じものが見えるかもしれないわ」

もったいぶった調子でそういって羽二重は笑みを強くした。

「そういえば、光莉さんは何のお仕事をしているの？　昼間からこういうところに来られるということは、……もしかして学生さん？」

「いいえ。社会人です。仕事は……公務員をしていまして」

警察官だとは言えずにそうぼかすと、羽二重は大きな目をさらに大きく見開いた。

「あら！　もしかして警察の方？」

「ちょっ！」

光莉が慌てたのは、その声があまりにも大きかったからだ。視線が集まり、店内がざわつく。こちらを見ている人間の中には久寿もいた。光莉の反応に何かを悟ったのか羽二重は、あらあらと口元を押さえた。

「ごめんなさい。秘密だったかしら」

「いえ……」

「実は、安倍川くんから変な手紙のことを聞いていてね。警察に行くように勧めたのは私なのよ」

それならば公務員と聞いて警察に結論がいくのも納得がいく。しかしながら、インタールードに警察がいると知られたのはまずかった。もしこの客の中に犯人がいる場合、犯人の行動はこれからどんどん慎重になっていくだろう。もしかしたら、もうここから犯人は行動を起こさないかもしれない。行動を起こさないのは一見すればとてもいいことだが、それでは問題を先送りにしただけで何の解決にもなっていない。

「ごめんなさいね。お仕事の邪魔だったかしら」

「いいえ、そんなことは！」

「実はね、私にもあなたと同じぐらいの娘がいるから楽しくなっちゃって」

そういって羽二重は慣れた手つきでスマホを操作し、娘とのツーショット写真を見せてくれる。娘の方はどう見ても大学生だが、光莉は童顔なのでこんなものだろう。

「楽しそうな写真ですね」

「そうでしょう？　アルバイトでお金が入ったから一緒に旅行に行こうって誘われちゃってね。楽しかったわ。あの子ったら大学生になるのに私と遊んでばっかりで」

「私も一人っ子だからわかります。親との距離が近くなっちゃうんですよね」

光莉がそう同意を示して見せれば、羽二重はまたふふと口元に手を当てた。

「実は私、息子もいるのよ」

「あ、そうなんですか？　おいくつなんですか？」

「大学三年生ね。とってもかっこいい子なのよ。でも彼女はいないみたいで。貴女みたいな子が彼女になってくれたらいいなぁって思っているのだけれど」

なんと返すのが正解なのかわからなくて「あはは……」と空笑いを返すと、「冗談よ」と羽二重はお茶目にウインクした。

4

（結局、何の情報も得られなかった……）

その日の夜。光莉は夜道を歩きながらガックリと肩を落とした。

羽二重は見た目以上におしゃべりで、あれからずっとしゃべり通しだった。しかも、インタールードの情報を集めようとする光莉に対し、彼女はその日のワイドショーで取り上げられた芸能人の話や家族の話を延々としてくるのだ。特に印象に残っているのは羽二重の父親の話だ。

彼女の父親は趣味で絵を描いており、地元ではそこそこ有名だったようだ。その影響で羽二重も子どもの頃から絵を描いており、画家を目指していたそうなのだが、父親のような独特な色使いを真似《まね》することが出来ず、結局画家になる道は諦めたらしい。

『一度だけ聞いたことがあるの。「どうやったらそんな絵が描けるようになるの？」って。そうしたらなんて言ったと思う？　「見たままを描いているだけだ」って言うのよ。これ、意地悪でしょう？　天才肌の人ってこれだから嫌になっちゃう。あ、そうそう。これ、私のお気に入りでね。玄関に飾っているの』

そう言いながら見せてくれたのは、スマホで撮られた彼女の父親の絵だった。そこに描かれた木の美しい色合いが、光莉の目を惹きつける。

光莉はもう一度肺の空気をすべて吐き出すようなため息をついた後、すっと姿勢を正した。そして、自分の両頰を軽く叩く。

(だめだめ！　落ち込んでばかりいたら！　切り替えていかなきゃ！)

光莉は自分の隣に視線を向けた。そこには疲れ顔のキリヤと、蓬がいる。実は事件が解決するまで、夜に帰宅する従業員には警察が付き添うことになったのだ。

(いつもキリヤくんに頼ってばかりなんだから、この辺は私がしっかりしないと！)

頭脳面で光莉がキリヤの役に立つことはほぼ不可能だろう。しかし、体力面ならば話は別である。誰かを守るとか、追いかける、とっちめる、とかならば、そこそこ役に立つ自信がある。

(変なことばっかり考えてないで、しっかり辺りを警戒しなくっちゃ！)

そう気合いを入れた時、背後でガチャン、という軽い金属が地面に叩きつけられるような音がした。

「わぁああぁ！」

怯えたような声を上げたのは蓬だった。振り返ると、近くにあるマンションの駐輪場で、一人の男性が自転車を起こしているのが見えた。

「大丈夫ですよ。自転車が転倒しただけみたいです」

蹲《うずくま》ってしまった蓬にそう声をかけてあげると、彼は「そ、そうですか。よかった」と眉尻を下げた。その様子にどこか違和感を覚えた光莉は、蓬を覗き込んだ。

「どうかしたんですか？　なんだか怯えているように見えますが」

「あぁいえ。別に大丈夫です。ちょっと驚いちゃっただけで……」

そう言うが、彼の手は隠し切れないぐらいに小刻みに震えてしまっている。

「もしかして、脅迫状の件を気にしていますか？」

「そういうわけじゃないんですけど」

「けど？」と光莉が首を傾げると、蓬は「いや。なんと言ったらいいのかな……」と、どうにも歯切れが悪い反応を見せる。そういえば、帰りだしてから彼は一言も言葉を発していなかった。様子も昼間の時と比べてどことなくビクビクとしている。

「蓬さん。もし、何かあるのなら話を聞きますよ？　なんでも相談してください！」

「この人、頭は抜けていますけど腕だけは立つので、荒事なら任せられますよ」

キリヤのフォローなのかなんなのかわからない言葉に「キリヤくん、それってどういう意味？」と唇を尖らせると、彼はいつも通りの感情のない顔で「そのままの意味ですけど？」と言葉を返す。そのやりとりを見て、蓬は少し落ち着きを取り戻したのだろう。「仲がいいんですね」と笑みを見せてくれた。

結局、何をあんなに怖がっていたのか、道中で蓬が語ることはなかった。

蓬のマンション前に着いた光莉は、キリヤと共に蓬に向かい合う。

「私はここで失礼しますが、もし何かあったらいつでも言ってくださいね！」

光莉は蓬にカバンから取り出した名刺を渡す。すると、蓬は先ほどよりも少し落ち着いた様子で「ありがとうございます」と名刺を受け取り、頭を下げた。

光莉はキリヤと並びながら、マンションに入っていく蓬を見守る。そうして彼の姿が見えなくなったと同時に、今度はキリヤに向き合った。

「それじゃ、今度はキリヤくんだね」

「僕は送らなくていいですよ。一人で帰れます」

「いやいや、そういうわけにもいかないよ！　というかそれなら、インタールードの前で解散すればよかったんじゃない？　ここ、キリヤくん家の方向と逆方向だよ」

「知っていますよ」

「それならなんでついてきたの？」

「僕がついてこなかったら、蓬さんを送った後、七瀬さん駅まで一人じゃないですか」

「え。だから？」

「……貴女。一応、女性でしょう？」

キリヤのどこか怒ったような言葉に光莉は固まった。これはもしかして、もしかしなくても、キリヤは光莉を駅まで送るために、ここまでついてきてくれたのだろうか。

光莉は驚愕《きょうがく》に見開いた目をキリヤに向ける。

「……キリヤくん、私のこと女性だと思っていたんだね」

「生物学上は女性でしょう？　中身はゴリラでも」

「そういう一言が余計なのでは⁉」

光莉が声を荒らげたその時――

「わぁあああぁ！」

蓬の叫び声がした。慌てて蓬のマンションに入ると、彼はポストの前で腰を抜かしていた。彼の視線の先には溢《あふ》れているポストがある。中にはラッピングされたプレゼントや手紙などが大量に差し込まれていた。

「これは……」

言葉を無くす光莉に対し、キリヤは蓬を助け起こした後、冷静に質問を投げかけた。

「このポストは蓬さんの部屋のものですか？」

「……はい」

「これは、もしかして――」

「はい。実は少し前からストーカー被害にあっているんです」

蓬は今にも泣きそうな声でそう答えた。

ストーカー行為が始まったのは、二ヶ月ほど前から。最初は帰りに何か視線を感じる程度だったのだが、だんだんとエスカレートしてきて、二週間ほど前には非通知で電話がかかってきたらしい。何度もかかってくるので、一度だけ電話を取ったのだが、相手はずっと無言。怖くなってすぐに切ってしまったそうだ。そして今回のポスト荒らし。中には可愛らしいピンク色の包装紙に赤いリボンを巻いたプレゼントボックスがいくつか詰め込まれていた。

光莉とキリヤは、蓬の部屋に上がり彼の相談を聞く。

「犯人に心当たりはあるんですか？」

「ない、といえば嘘になりますけど……」

「それは？」

「久寿さんです」

光莉の頭に久寿の顔が思い浮かぶ。確かに彼女はかなり蓬に執心していた。インタールードでは、お金を払えば一緒に写真を撮ったり、メッセージ付きのコースターをもらえたりするのだが、彼女は毎回、まるでノルマのように蓬と写真を撮り、コースターにメッセージを書いてもらっていた。

蓬は項垂《うなだ》れながら弱り切った声を出す。

「安倍川さんにも相談に行ったんですが、証拠がないから何もできないって。しかも久寿さん、うちにすごくたくさんのお金を落としてくれるんですよ。だから、安倍川さんも強くは言えないみたいで……」

「被害届は出さないんですか？」

「いえ、そこまでは。もし違って久寿さんを嫌な気持ちにさせてもいけませんから。それに、男がストーカーの被害に遭っているだなんて、恥ずかしいですし……」

「それは違うと思います！」

珍しく光莉はそうはっきりと否定してみせた。

「男でも女でも怖いものは怖いですよ。私は警察官なのでそういう講習もよく受けるし、被害に遭った方の声も聞くことがあるんですが。男性でも声も出せないぐらい怖いって方多いですよ！　なんて言えばいいのかわからないですけど。怖いって感情に男女の差はありませんし、男女の差があってはいけないと私は考えています！」

「……」

「それに、そんじょそこらの男なら私の方が強いですよ？　男性が怖がっていけないのなら、私も怖がってはいけないということになるのでは？」

光莉の言葉に思わずふき出すキリヤ。それにつられるように蓬も笑う。

「なんか、七瀬さんって面白い人ですね」

「そ、そうですか？　気分が晴れたのなら、なによりです」

どうして笑われているのかいまいちわかっていない光莉が首を傾げる。蓬はそんな光莉の態度にも肩を揺らしていた。

「本当に大丈夫です。実はあと二ヶ月ほどでバイトを辞めるつもりなんですよ」

「それは、もしかして——」

「違いますよ。就活です。八月からインターンシップが入るんですよ。だからバイトはそれまでって決めていて」

「あぁ、そうなんですね」

大学三年生ともなれば確かに就活も入ってくるだろう。

「だから、それまではちゃんとあの店に行きたいんですけどね」

「執事喫茶、好きなんですね」

「そうですね。お店が好きというか、お客さんと会えなくなるのが寂しいですから」

そう言う彼はどこか切なそうにしていた。

5

蓬のマンションを出た後、キリヤと光莉の二人は並んで帰る。キリヤは、再び「送る」と言い出した光莉を、今度は止めなかった。心境の変化というより、どうやっても折れない光莉にキリヤが折れた形だ。

「もしかして、蓬さんのストーカーがあの脅迫文を出したのかな？」

「どうしてそう思うんですか？」

「わかんないけど、蓬さんのことを困らせたかったのかなって……」

ストーカーは愛情が行きすぎて、相手が自分のことを見てくれるのならば何をしてもいいと思っている節がある。もしかしたら、あの脅迫文にはそんな歪《ゆが》んだ愛情が込められていたんじゃないのだろうか、光莉はそう考えたのだ。

「でも、それなら脅迫文の中に蓬さんの名前があってもいいのでは？　その方が蓬さんも困るでしょうし」

「それは確かにそうかも。あぁでも！　もし本当に久寿さんが犯人なら、蓬さんの名前を書くと安倍川さんが蓬さんを辞めさせちゃう可能性があるから、それを避けたのかも！　ほら、蓬さんもインタールードにいにくくなるし！」

「まぁ、久寿さんが犯人ならそういうこともありますね」

「だけど本当に久寿さんなのかなぁ……」

「知りませんよ、そんなこと」

　本当に暗号を解くこと以外に興味がないらしい。

「それで結局、キリヤくんの方はどうだったの？　この三日間」

「どうだったというのは？」

「犯人っぽい人いた？」

「犯人っぽい人って……」

　キリヤは呆れたような声を出した後、「そうですね」と思案顔になる。

「どういうのを指して『犯人っぽい』というのかはわかりませんが、従業員はみんな普通の人でしたよ？　何か隠していそうな人も、店に恨みがあるような人もいないように見えました。もちろん主観なので、事実とは違うかもしれませんが」

「蓬くんとは話した？　他の従業員の人とか」

「蓬さんと長く話したのはさっきが初めてですよ。彼、特におしゃべりというわけではないですからね。他の従業員ともそんな感じですね」

「えっと、それじゃぁ何か気がついたことはあった？」

「何か気がついたこと、ですか。そういえば、蓬さんは結構注意されていましたね」

「注意？」

「はい。注文された飲み物を置き間違えたり……」

「やっぱり蓬さんって、おっちょこちょいなんだね」

「あれはおっちょこちょいというよりは……」

何かを言いかけたところで、キリヤの足が止まった。

「ここまででいいですよ」「え？」「うちです」

彼が指したのは大きな一軒家だった。ガラス製の表札には『九條』と彫られてある。

「わぁ、大きい家だね。この家に一人で住んでるの？」

「そうですね。父は海外ですし、母はどこにいるかわかりませんし。仮に二人が帰ってきても、きっとこの家には住まないでしょうね」

「どうして？」

「僕は親になったことがないのでこれは想像なんですが。自分の娘が死んだ家には、やっぱり戻りたくないものなんじゃないですか？」

瞬間、ここが彼の妹が殺された現場だということを光莉は思い出した。

「そっか、妹さん、この家で……」

「正確にいえば、この家のリビングで、ですね」

淡々と話しながら、彼は門を開け、玄関の前に立つ。そして鍵を回し、扉を開けた。

奥にあるスイッチに触れれば、まるで家が息を吹き返したようにオレンジ色の光が灯《とも》る。下駄箱《げたばこ》の上には家族写真が見えた。

「あ。それ、妹さん？　ヒナタちゃん、だっけ？」

「そんなところからよく見えますね」

キリヤが脇に寄ったのをいいことに、光莉は玄関の中に入り、写真を見つめる。そこには相変わらず生意気そうなキリヤと、幼さの残る彼の妹、九條ヒナタが並んで立っていた。それを挟むように佇《たたず》む両親の姿。どちらも人の好《よ》さそうな笑みを浮かべている。キリヤの年齢から考えて恐らく三、四年前のものだろう。

光莉はキリヤを覗き込む。

「ヒナタちゃん、可愛い子だねー。キリヤくんに全然似てない。いい意味で！」

「どういう意味ですか？」

「ふふ、冗談。お父さんもキリヤくんにそっくり。イケメンだねぇ」

しみじみとそう言いながら、光莉は下駄箱の上に載った写真を見つめる。写真は一枚だけではなくて何枚かあった。ヒナタのピアノの発表会の写真。家族で行ったキャンプの写真。父親と母親が二人で仲睦《むつ》まじく並んでいる写真。高校の制服を着たキリヤが嫌そうな顔で写っているものもあった。

「仲が良かったんだね」

「普通ですよ。どこにでもある普通の家族でした」

もうどこにもありませんけど。そんな言葉が続きそうな過去形だった。でもそんなことで彼のことを憐れむのも失礼な気がして、光莉はわざとそこには触れなかった。埃《ほこり》が積もっていない写真たて。掃除をしているのはキリヤだろう。どんな思いで、彼はここを掃除しているのだろうか。

「今度、どんな人たちだったのか聞かせてね」

「聞いても、別段面白くないと思いますよ」

「ということは、話してくれる気があるんだね！」

「……そういうことを言う人には何も話しません」

彼の態度は相変わらずつれないのに、なぜか前よりも距離が近い気がした。物理的ではなく、心の距離、とでも言うのだろうか。

光莉は写真を見つめる。そして何かに気がついたように顔を跳ね上げた。

「あ、ほくろ！」「ほくろ？」

光莉の声にキリヤは彼女が指している写真を覗き込んだ。彼女が指しているのはヒナタが一人で写っている写真だ。光莉は嬉しそうに声を弾ませた。

「首のほくろ！　キリヤくんと同じ位置にある。やっぱり兄妹なんだねぇ」

キリヤ自身も気がついていなかったのだろう。光莉が指した首筋を彼は手で覆う。

光莉は写真とキリヤを見比べる。

「全体の雰囲気はお父さんかな？　優しい目元はお母さんからもらったものだね。妹さんとは同じ位置にほくろがある。……いいね。繋がってるね」

血が、という意味ではなかった。でも、何が、と問われると困ってしまう。

けれど、光莉は繋がっていると思ってしまったのだ。今は離れてしまっているけれど、もしかしたらもう戻らないのかもしれないけれど。キリヤを中心にして細い糸がヒナタに、父親に、母親に、伸びているような気がしたのだ。天国に、海の外に、今はわからないどこかに。

無理やり言葉を当てはめるのならば、絆《きずな》、なのだろうか。それもよくわからない。

キリヤは光莉の言葉に、なんとも言えない表情で固まってしまっていた。

「それじゃ、私、そろそろ帰るね！　キリヤくんも、何かあったらいつでも電話をかけてきてくれていいからね！　すぐに駆けつけるから！」

「……僕が七瀬さんなんかに頼ると思いますか？」

「それは……」

確かに、キリヤに光莉は必要なさそうだ。光莉にできることでキリヤにできないことなんてほとんどない。それこそ、十メートルのロープを腕だけで登るとかそういうことはキリヤより光莉の方ができるだろうが、そんなことができたって彼にはなんの助けにもならないだろう。その事実に思い至り、光莉はわずかにしゅんとしてしまう。

そんな彼女を見てなのか、キリヤは息を吐き出した。

「冗談ですよ」

「え？」

「ただ僕は、人に頼るのがあまり得意ではないので、勝手に来てくれると助かります」

恥ずかしそうに、ではないけれど、躊躇《ためら》いがちにキリヤはそう言った。初めて見た彼の弱い一面に、光莉はなぜか嬉しくなる。

「うん。もちろん！　任せておいて！　嫌がっても勝手に助けに行くからね！」

そう光莉が胸を叩くと、キリヤは少し困ったような顔で口角を上げた。

6

執事喫茶、インタールードは駅前に建っている少し古いビルの三階にある。営業時間は十五時から二十二時まで。基本的にアフタヌーンティーとディナーの提供をしている店だ。フロアの半分をインタールードが占めており、階段を上り切った後、少し歩くと入り口が見えてくる。エレベーターは狭く、あまり人が乗れないので、従業員は客のことも考えてみんな階段で上がってくるようにと言われていた。

「そんなに私と彼を引き離したいの!?」

その怒号が聞こえたのは、光莉がインタールードの警備に入って一週間ほど経った日のことだった。従業員と同じように階段を上ってきた彼女は、声のした方を覗く。

すると、開店前の店の前で安倍川と久寿が何やら揉めているのが見えた。

「そんなこと言われても困ります！　昨日とかは、本当に偶然で！」

「偶然って、何よそれ！　それなら蓬くんのシフト教えなさいよ！」

「ちょ、ちょっと待ってください！」

光莉は揉み合う二人を止める。理由を問えば、いち早く落ち着いた安倍川が「それが……」とため息のような声を出した。

曰《いわ》く、昨日蓬がいるはずの時間帯に彼がいなかったことを、久寿は怒っているのだという。確かに昨日、蓬はシフトに入っていなかった。久寿はそのことに気がついてすぐ安倍川を呼び出したのだが、昨日はたまたま安倍川も店に入っていなかったので翌日である今日、文句を言いに来たらしい。

「新人がいて、シフトが少し変わってしまって……」

「嘘言わないで！　私と蓬くんを引き離そうったって、そうはいかないんだから！」

「あの。店の前で、何を……」

そう言って階段を上ってきたのは、蓬だった。久寿の顔を見るや否や、彼は

「あっ」と頬を引き攣らせる。その背後には偶然いたのだろう、キリヤの姿もあった。

久寿は蓬を見るなり、表情を明るくした。

「蓬くん！　いまからお仕事？」

「あ、はい……」

「んじゃ。私も支度してから、また来るね！」

蓬の出勤が確認できて嬉しかったのだろう、久寿はそのまま上機嫌で去って行った。

ほっと胸を撫で下ろす安倍川に、キリヤは厳しい声を出す。

「ああいうのは、店の前よりも事務所の方で対応したらいいんじゃないですか？」

「いやぁ。でも、彼女怖いじゃん？　二人っきりになりたくなくてさー」

ヘラヘラとそう言う安倍川に、キリヤの眉間に皺がよった。

光莉は今にも倒れてしまいそうな蓬の身体を支える。

「蓬さん、大丈夫ですか？　顔、真っ青ですよ？」

「はい。大丈夫です。でもちょっと、控え室で休んできますね」

そう微笑んだ顔は、どこか無理をしているように光莉の目には映った。

7

その日の夜、従業員を送った光莉とキリヤは、家路についていた。街灯だけが点々と照らす暗い道。最近、二人の会議室はもっぱら従業員を送って行った後のこういう時間だった。二人はキリヤの家に向かいながら、その日の出来事を報告する。今日の議題は昼の騒動だった。

「蓬くん、もういっそのことお店を辞めたらいいのに。あんなに誰かに怯えるなんて、やっぱり普通じゃないよ」

「昼も相当きてたみたいですしね」

「他の警察官が送って行った時も何回か嫌がらせみたいなことがしてあったみたいだし。エスカレートはしてないみたいだけど、あのままじゃ蓬くんの心が心配だよ……」

光莉は規則正しく動く自分の靴先をじっと見つめる。

「私以外の警察官も被害届を出すように言ってくれているみたいなんだけど。蓬さん、やっぱり断ってるって。ああいう時に声を上げてもらえないと、私たち何もできないからなぁ。できて、所轄に頼んであの辺を重点的に回ってもらうぐらいだもん」

「……何か、辞めたくない理由があるのかもしれませんね」

「辞めたくない理由、かぁ」

蓬がそこまでインタールードにこだわる理由はなんだろう。仕事は楽しそうにしているが、別に生きがいを感じているというわけでもなさそうだし、お金の方はバイトを別に探せばいいだけだろう。それこそ日雇いのバイトの方が精神衛生上は楽に見える。

そんなことを考えていると、後ろから「あらあら、もしかして！」という可愛らしい声が聞こえてきた。振り返ると、そこには羽二重がいる。彼女はこちらを見て少し驚いたように目を見開いたあと、「光莉さん、こんばんは」と目を細めた。

「こんばんは、羽二重さん！　こんな夜遅くにどうしたんですか？」

「今日はちょっと用事でね。古い友人に会っていたのよ。……あら、お隣の方は？」

「こんばんは」

キリヤが店で接客をしている時の三倍はそっけなく頭を下げる。最近ちょっと思い始めたが、彼がそっけない態度を取るのは人に興味がないとか人嫌いなのではなく、単に人見知りなのではないだろうか。

羽二重はキリヤの顔をまじまじと見ると、胸の前でぱんと両手を合わせた。

「やっぱり、最近インタールードに入ってきた新人さんね！　光莉さんのお知り合いってことは、もしかして警察の方だったの？」

「いえ。僕は警察ではなく、民間人協力者です」

「あら、そうなの。協力者さん、頑張ってるわねぇ」

まるで孫を褒めるようなトーンでそう言い、彼女は目尻に皺を寄せた。

光莉は腕時計を見て時間を確かめると、羽二重にこう声をかける。

「もしかして、駅まで行くんですか？　送りますよ」

「あら、ありがとう。でも、お邪魔になってない？」

「お邪魔？」

なんのことかと首を捻ると、羽二重はキリヤの方に目線を移した。そしてまた光莉の方に視線を戻す。見守るような生暖かい目と、口元に浮かんでいる楽しそうな笑み。その表情を的確に受け止めて、光莉は「あぁ」とどこか納得したような声を出した。

「大丈夫です！　私たち、そういうんじゃありませんから」

「あら、そうなの？」

意外そうな羽二重の言葉に光莉は自分の予想があっていたことを知る。確かに年頃の男女がこんな夜遅くに一緒に並んで歩いていたら、見た人はみんなそういう関係だと思ってしまうだろう。

「キリヤくんに悪いですよ。それに私、一応こう見えて社会人ですから。大学生なんて相手にしません」

「あら。ですって、残念ね」

羽二重のその言葉は、キリヤに向けられたものだった。キリヤは羽二重の言葉にこれでもかと顔を顰《しか》めると、辟易とした表情で顔を背ける。

「残念じゃないので、何も問題はありません」

「あらあら」

何もかもわかっていますというふうな顔で羽二重は笑う。そんな彼女の様子を見て、キリヤの眉間にはさらに一本皺がよった。

光莉と羽二重、その少し後ろをキリヤが歩くという構図で三人は駅に向かう。

「今日はどんな用事だったんですか？」

「あぁ、ちょうどお友達の家に忘れ物をしたのよ」

光莉の質問に羽二重がそう答えながら大きめのショルダーバッグから一冊のノートを取り出した。表紙は革製で、厚みもそこそこある。表紙に西暦で今年の年号がふってあった。あれはおそらくスケジュール帳だろう。

「たまたま友人の家で用事を書き込んだら忘れちゃったのよ。友人は郵送するって言ってくれたんだけど、断っちゃった。だって手帳を取りに行くついでに、また遊べるじゃない？　今日は美味しいお茶菓子を持っていったのよ」

そう楽しそうに言いながら羽二重は手に持っていた手帳をカバンに入れる。その時手帳の間に挟まっていたものが地面に落ちた。円状のソレはコロコロと地面を転がり、キリヤの靴にコツンとあたると仰向《あおむ》けに倒れた。キリヤはそれを拾い上げる。

「これって、インタールードのコースターですか？」

「あ、あぁ！　私ったら、落としちゃったのね！」

キリヤの手の中にあるものがすぐに自分のものだと気がついたのだろう。羽二重はキリヤからコースターを受け取ると、胸に抱き抱え、ほっと息を吐いた。

光莉は羽二重の胸の中にあるコースターを覗き込んだ。

「それって、ちょっと高いケーキセットを頼んだら貰《もら》えるやつですよね？　好きなフットマンにメッセージ書いてもらえるやつ！　羽二重さん、頼んだんですか？」

「いいえ。実はこれ、蓬くんがくれたのよ。いつもありがとうございますって、常連さんには渡しているみたいでね。すごく嬉しくて、大切にとっているのよ」

コースターには『ありがとう』と達筆な字が躍っている。その上下には『羽二重さんへ』『蓬より』と書かれている。サインのようになっているのは、きっとサービスだからだろう。端の方には緑色のペンで花のようなものが描かれている。

「舞い上がっちゃって、恥ずかしいわね」

「そんなことないですよ。羽二重さん、かわいいです」

「あら。そんなこと何年振りに言われたかしら」

羽二重は、ふふふ、と嬉しそうに笑うと、手帳を取り出し、真ん中ら辺にコースターを大切にしまい込む。手帳に挟んでいるのはきっと何度も見返すためだろう。光莉は、家で一人何度もコースターを見返す羽二重を想像して、頰を緩ませた。

「なんだか、旦那さんが嫉妬しそうですね」

「もういない人は嫉妬なんかしないわよ」

「え、旦那さんは……」

「三年前にね」

あまりにも安易に踏み込み過ぎた気がして、光莉は「すみません」と頭を下げる。しかし羽二重は全く気にする素振りもなく「いいのよ」と笑ってくれた。

それからしばらく歩いて、三人は駅にたどり着いた。羽二重は光莉とキリヤを振り返ると「それじゃ、またね」と微笑んでホームに消えていく。

「いい人だよねぇ、羽二重さん」

光莉がのんびりした声でそう言う。

キリヤはその声に反応することなく、羽二重の背中をじっと見つめていた。

「どうしたの、キリヤくん？」

「羽二重さん、蓬さんのマンションがある方向から来ましたよね？」

「あ、本当だ」

確かに羽二重が来た方向には蓬のマンションがあった。

「もしかして、キリヤくん……」

「違いますよ。そういうんじゃないです。ただ……」

「ただ？」

光莉は首を捻る。キリヤはそんな彼女の疑問に答えることなく、僅かに声を潜めた。

「七瀬さん、今まで羽二重さんとどんな会話をしたか教えてもらってもいいですか？」

「え？　わかった」

光莉がそう頷くと、キリヤは顎を撫でた。

8

羽二重を駅前まで送って帰った翌日、キリヤは開店前の店にいた。いつもは開店準備など手伝わないのだが、今日はどうしても人が足りないということで手伝うことになったのだ。期間限定のスタッフにどこまで頼るのだと呆れながらも、キリヤは開店準備をすすめる。他の従業員たちも気を遣っているのか、机を拭いたり入り口を掃いたりなどといった簡単な仕事しか回してこなかった。

キリヤは昨日光莉がよこしたメッセージの内容を思い出しながら机を拭く。記憶力は良くないと言っていた光莉だが、よこした羽二重との会話内容はとても鮮明だった。

(夫は三年前に亡くなっていて、家族は娘と息子が一人ずつ。娘は会話の中に多く出てくるが、息子はほとんど出てこない。……まぁ、息子なら母親とべったりってわけではないか)

手と頭を別々に動かしながら、キリヤは考えを巡らせる。

(彼女の父親の話も多かったな。趣味で絵を描いていて、色使いが独特だった……)

そうしていると、たまたま拭いている机が羽二重の指定席であることにキリヤは気がついた。彼は何気なく羽二重がいつも座っている席に座ると、そのままいつも彼女がそうしているように窓の外を見た。三階からの景色はすごくいいというわけではなく空を見ようにも地面を見ようにもなんだか高さが中途半端だ。

(ここからの景色が好き。特に雨の日は、もっと素敵。ここからの景色が宝物)

「九條くん」

そう呼びかけられ顔を上げると、窓ガラスに蓬が映っていた。振り返ると蓬が机のそばでキリヤのことを見下ろしている。

「そこ、羽二重さんの席だよね？」

「……そうですね」

「何かいいもの見えた？」

　キリヤは再び窓に顔を向け、ガラス越しに蓬を見つめた。彼の背後には忙《せわ》しなく動き回るスタッフの姿が見える。

「まぁ、そうですね。……そこそこ参考にはなりました」

「参考？」

　キリヤはそう言うだけ言って立ち上がる。

「それよりも、今日は機嫌がいいですね。何かありました？」

「うん。昨晩は久々に何もされてなかったからさ。ちょっと嬉しくて」

「何もされないのが普通なんですよ。そんなことに慣れない方がいいと思います」

「それは、そうなんだけどね」

　キリヤはそこで初めて蓬の顔を真正面から見た。そして、目を見張る。

「蓬さん、それ――」

「あぁ、九條くんには初めて見せるよね。いつもはカラコンを着けてるんだ。今日はちょっとカラコン切らしちゃってさぁ」

　キリヤは蓬の瞳を見てしばらくすると、何かを悟ったように薄い笑みを浮かべた。

「そうか。ほくろ……か」

「え。ほくろ？　俺って顔にほくろあったっけ？」

「いいえ。なんでもないです」

それからしばらくして、執事喫茶インタールードはその日の営業を開始した。

9

気がつけば、キリヤがインタールードで働きだしてから二週間が経っていた。

その日は、インタールードの定休日で光莉は喫茶ヌーヴェル・マリエでスマホと睨《にら》めっこしていた。光莉が見つめるスマホの画面にはメッセージアプリが立ち上がっており、そこには『二階堂を押さえておくのもそろそろ限界だぞ』という一宮からのメッセージが映っていた。

実は、ここ数日様子を見て何もないようならもう警備を切り上げよう、という話が刑事部から出ているのだ。刑事部は常に人不足で、いくら雑務課と言われる0課であっても、いつまでもこんなところに人員を割くことはできないのである。五枚目の怪文書に何が書かれていたのかわからなかったこともあり、今まで念を入れて警戒をしていたが、二週間なにもないとなると話は変わってくる。

(このまま切り上げちゃったら、何も解決しないままになっちゃう)

脅迫状の件ももちろんだが、蓬のストーカーの件だって片付いていない。このままだと消化不良もいいところだ。そんなことを考えていると背後に気配がした。振り返るとキリヤがその場に立っている。

「なんで僕が、休みの日にまで呼び出されないといけないんですか？」

「あ、キリヤくん！」

光莉は嬉しそうな声をあげる。実はダメ元でキリヤを呼び出していたのだ。完全に切り上げるという話になる前に、脅迫文かストーカーの件、どちらかだけでも解決しておきたい。そう考えたのである。しかし、自分の頭だけではどう考えてもできることは限られてしまう。だから、彼を当てにしたのだ。

キリヤは不機嫌な声を出しながらも大人しく光莉の前の椅子に腰掛けた。そして、注文を済ませた後、机に片肘をついて顎を乗せる。

「どうせ二階堂さんに、そろそろ無駄な警備はやめて、帰ってこいとか言われたんでしょう？　だけど、七瀬さんはこのまま警備を切り上げるのは消化不良だから、僕になんとかしてほしいと考えている」

「え。キリヤくん、心が読めるの？」

「七瀬さんぐらいの心なら読めるかもしれないですね」

明らかに馬鹿にしたような物言いだが、不思議と腹は立たなかった。それは彼が、光莉が呼び出した理由を知っていても、わざわざここまで来てくれたからなのかもしれない。少なくとも彼は、なんとかしたいと思っている光莉のことを放置しておこうとは思っていないからだ。光莉は机に突っ伏すと、弱音を吐く。

「私だってわかってるんだよ？　今日一日でどうにかなるわけじゃないって。でもさー、こう、モヤモヤしたままってのは性に合わなくってさー！」

「七瀬さんって、本当に刑事に向いていませんよね」

「うぅ。そこまで言わなくてもよくない？」

自分が刑事に向いていないのは重々承知だ。一宮だったら、二階堂だったら、他の刑事部の先輩たちだったら、きっともっと早い段階で、気持ちを切り替えてさっさと切り上げて新しい事件に取り組み始めるのだろう。凶悪事件は日々起きているわけだし、そちらに専念した方がより多くの人間を助けることに繋がるからだ。

だけど、光莉にはまだそういう割り切りができないのだ。もしかすると、まだ、ではなく、これからもずっとできないのかもしれないけれど、困っている人がそこにいるのに、重大性がないかもしれないというだけでは放置したままになんかできないのである。

「でも、それは七瀬さんの長所だと思いますから、あまり気にしないでいいですよ」

一瞬、聞き違いかと思い、光莉は顔を跳ね上げた。もしかしていま、光莉はキリヤに褒められたのではないだろうか。しかし、キリヤはそれ以上その話題に触れることはせず、また口を開く。

「それで、七瀬さんはどうしたいんですか？」

「どう、と言うのは？」

「どこなら落とし所を作れるんですか？　という意味です。この蓋を開けても、七瀬さんが求めるようなハッピーエンドはないかもしれないんですよ？」

その言葉に光莉は固まった。キリヤがそう言うということは、もしかしたらこの話はすべてが綺麗に片付くわけではないのかもしれない。いま光莉が開けようとしている蓋の中身は、誰かが隠した汚物かもしれないのだ。

「……キリヤくんってさ、ハッピーエンドの映画とか嫌いそう」

「はい？」

「うん、でもそうだね。そういう覚悟も必要かもね」

まるで自分で自分を納得させるようにそう呟いて、光莉は顔をあげた。その目にはしっかりとした意志が宿っている。

「キリヤくんの言いたいことはわかった。でもやっぱりモヤモヤしたままは嫌だからさ。わかっていることがあるのならば全部知りたいし、私が手助けしてあげられることがあるなら協力したい。具体的には、あの脅迫文を送った人を見つけ出したい、かな？　あと、蓬さんのストーカーの件も片付けたいし、五枚目の暗号の答えも知りたい。全部が無理なら、せめてどれか一つだけでも片がつけばいいなって、私は考えているよ」

光莉がしっかりとそう言ったのを見て、キリヤは息を一つ吐いた。それと同時に彼が先ほど注文したものが運ばれてくる。二人の前に出されたのはいつものモンブランではなかった。モンブランの代わりに店内飲食限定になった生チーズケーキである。それが一つずつ。同時にキリヤの方には珈琲、光莉の前には紅茶が置かれた。光莉がケーキセットを前に目を瞬かせたのは、それを注文した覚えがないからである。

「あの、キリヤくん。これ」

「いつも奢ってもらってばかりもアレなので、よかったら。今日は僕の奢りです」

「えっと。……ありがとうございます？」

疑問形になったのは、キリヤの真意がわからなかったからだ。どうして呼び出された側のキリヤが光莉にケーキセットを奢るのだろうか、それがわからない。もしかして何か裏があるんじゃないかと一瞬だけ勘ぐってみたけれど、それでできる裏なんてないような気がした。光莉の疑問を顔から読み取ったのだろう、キリヤはフォークを手に取りながらなんてことない声を出す。

「僕だけが食べてると浮いてしまうじゃないですか。だから、付き合ってください」

「なるほど。それは、そうかもね」

なかなかに隠さなくなってきたなと、光莉は少し、嬉しくなった。彼女はフォークを手に取ると、チーズケーキに視線を落とす。

「キリヤくんって、結構そういうの気にするんだね。おしゃれなカフェに一人じゃ入れなかったり、一人でケーキ頼むの恥ずかしがったり。結構、意外」

「……何か問題がありますか？」

「ううん。問題はないよ。ただ、得したなぁって思っただけ」

「ケーキを奢ってもらえるからですか？」

「そうじゃなくて！　キリヤくんと一緒にケーキが食べられるじゃない？　こうでもしないとさ、キリヤくん、私と食事もしてくれなさそうだから。……ってことで、ありがたくいただきます！」

　光莉は胸の前で手を合わせた後、チーズケーキにフォークを突き刺した。そのまま切り分けて口に運ぶ。光莉は食べるまで『生チーズケーキ』の『生』の部分の意味が良くわからなかったが、口に入れた瞬間、溶けてなくなったケーキに『生』の意味を知った気がした。どう表現したらいいのかわからないが、これは『生』だ。感覚的には生チョコレートに通じる生である。

　口の中を満たす幸せに、光莉が先ほどまでの悩みも忘れて「んんー！」と幸せそうな声をあげる。それを見ながら、キリヤは口を開いた。

「それじゃ、これを食べたら行きましょうか」

「え。行くって、どこに？」

「脅迫状を送った人間の家に、ですよ」

予想しなかったその言葉に、光莉は思わず咽《む》せた。


まず何から突っ込めばよかったのかわからない状況だった。

キリヤがもうすでに脅迫状を送ってきた相手を特定していたこともそうだし、それを悠長に放置していたこともそうだ。一番突っ込みたかったのは、脅迫状を送った犯人の家だと紹介された場所に『羽二重』の表札がかかっていることだった。

「え？　これって……」

光莉が躊躇したような声を出すと同時に、キリヤがインターフォンを押す。

「ちょっとキリヤくん!?」「落ち着いてください」『はーい、どちら様でしょうか？』

インターフォンから聞こえてきたのは、やっぱり光莉の良く知る羽二重の声だった。

キリヤに小突かれて、光莉はうわずった声を出す。

「あ、あの。七瀬です。わかりますか？　あの、インタールードで……」

『あらあら、光莉さん？』

そこでインターフォンのマイクが切れて、バタバタと忙しない足音が家の方から聞こえてきた。そして、玄関の扉が開く。

「あらあら。どうしたの？　それにしても、よくうちがわかったわね」

「この辺で羽二重という苗字《みようじ》の家はこの一軒しかありませんでしたからね」

光莉の代わりにキリヤがそう答える。そこで初めてキリヤの存在に気がついたのだろう、羽二重はさらに驚いた表情になる。

「インタールードに届いた脅迫状の件でお話があります」

キリヤがそう告げると、羽二重は一瞬だけ息を止めた後、「わかったわ」と玄関の扉をめいっぱいまで広げた。

「長くなりそうだから、もしよかったらお家の中でお話ししない？」

いつものようにおっとりとそう提案され、光莉は呆然としたまま一つ頷くのだった。

羽二重の家は都内の一等地にある、その中でも比較的大きな家だった。豪邸というわけではないけれど、その建物の大きさからは余裕が伝わってくるし、庭もおそらくこの辺では広い方だろう。玄関も広く、吹抜けになっているそこには、以前スマホで見せてもらった、彼女の父親が描いたという例の大きな絵が飾ってあった。

光莉が絵の前で足を止めると、キリヤも同時に立ち止まった。絵を見上げるもの言いたげな彼の視線に「どうしたの？」と問おうとした瞬間、羽二重の「こちらですよ」という声が前方から聞こえてきた。

二人はその声に促されるようにリビングに入る。

光莉とキリヤはリビングのソファーに腰掛ける。二人の前に紅茶を置いた羽二重は彼らの斜め前に腰掛け、にっこりと微笑んだ。

「それで、どういうお話かしら？」

おっとりと首を傾げる彼女に、光莉は隣に座るキリヤを見た。彼は部屋の中を見回すと、キッチンの前にあるカウンターで視線を止めた。

「息子さんの写真はないんですね」

開口一番のセリフがそれだった。

カウンターの前にある少し大きめの写真たてには四枚の写真が入っていた。羽二重と彼女の夫だろう男性のツーショットの写真。娘と羽二重のツーショット写真。夫婦と娘の家族写真。娘の写真。確かにこうしてみると、言っていた息子の写真がない。

羽二重はキリヤの言葉に何も答えず、ただニコニコとしていた。そんな彼女にキリヤは「ここからは僕の勝手な憶測になるので、聞き流してもらって構いません」と前置きをする。

「羽二重さん、貴女の言っている息子さんというのは、蓬さんのことじゃないですか？」

「え?」と、呆《ほう》けたような声を上げたのは光莉だった。

「それは羽二重さんが蓬さんのことを息子のように思ってる、ってこと?」

「そうではなくて、僕は羽二重さんと蓬さんが血を分けた親子なのではないか、と言いたいんです」

困惑した表情を浮かべる光莉と、淡々と自分の考えを述べるキリヤ。そんな二人を見つめながら、羽二重は冷静だった。

「それは、どうしてそう思ったのかしら」

「違和感はいくつかありました。ただ、決定的だったのは目です」

「目?」と光莉は小さくつぶやきながら目元を押さえる。

「羽二重さん、あなたの瞳は『アンバー』ですね」

「アンバー?」

「黄味がかった瞳の色のことです。日本では『琥珀色《こはくいろ》』、海外では『ウルファアイズ』と呼ばれていたりもします。世界的に見てもヨーロッパや中東の一部の地域で見かけることがあるというぐらいの珍しい色なんですが、紫外線の量が多い日本で『アンバー』はそれ以上にとても珍しい」

その説明に光莉は羽二重の瞳をまじまじと見つめた。確かに羽二重の瞳は、日本人ではあまり見かけない色のように見える。暗いところで見ると茶色のようだが明るい場所で見ると黄色が強い。先ほどキリヤが『琥珀色』と言っていたが、確かにそんなかんじである。

指摘された事実に羽二重は「そうね。なかなかいないかもしれないわね」と頷いた。

「蓬さんもそうだったんです。これは先日知ったことなんですが、彼の瞳もアンバーでした。普段はカラーコンタクトをしていると言っていましたが」

「この瞳が珍しいのは認めるわ。でもそれで、私と蓬くんが親子だっていうのはちょっと話が飛びすぎていない？」

それが羽二重の初めての反論だった。その反論はキリヤも予想していたものらしく、

「そうですね」と頷いて見せる。

「ええ。だけどもう一つ、目についての証拠があるんです」

「証拠？」

「七瀬さんの話と、玄関の絵を見て確信しました。羽二重さん。もしかして貴女のお父さんは、色の見え方が人と違ったんじゃないですか？」

「色の見え方が違う？」

光莉が驚きで目を大きく見開くと、キリヤは丁寧に説明してくれる。

「例えば日本では、男性は二十人に一人、女性は五百人に一人ほどの割合で、そういう人がいるんですよ。画家でも同じような特徴を持つ方がいて、ゴッホやウィリアム・

ターナーなどがそうだと言われています。彼らの特徴はその色彩で、特にウィリアム・ターナーは緑色が嫌いで、緑色の絵の具を殆ど使わずに絵を描いていたそうです」

「緑色……」

「そこで思い出してほしいのが、玄関の絵です。あの絵の素晴らしいところは、背景は夏なのに、中心に立っている木が秋の雰囲気を醸し出しているところです」

そうだ、光莉もそれに惹きつけられたのだ。絵の巧みさもそうだが、あの発想と色彩のコントラストに、視線も心も全て持っていかれた。

「僕らにとっては季節がごちゃ混ぜになったような不思議で魅力的な光景。だけど、羽二重さんのお父さんにとって、それが普通の光景だとしたら？　謙遜ではなく、本当にただ見えている光景を、そのままキャンバスに写し取っているのだとしたら？」

光莉は目を瞬かせながら「え？」と呆けた声を出す。

「あの葉は、もしかしたら緑色の葉が青々と茂っている様を見たまま描いたものかもしれない。それが不思議な魅力となって、人の目を惹きつけている。……そして、蓬くんにも同じような傾向が見て取れました」

キリヤは黙って話を聞いている羽二重に視線を移す。

「羽二重さん、蓬さんからもらったコースターを拝見できますか？」

「これかしら？」

そう言って羽二重が手帳の間から取り出したのは、一枚の丸いコースターだった。丸いコースターには上部に『羽二重さんへ』、真ん中あたりに『ありがとう』の文字。下部には『蓬より』と書かれている。そして、端の方には緑色の花の絵。

キリヤはその花の絵を指さした。

「どうしてこの花だけ緑色で描かれているか、疑問には思いませんでしたか？」

「それだけしかペンの色がなかったからじゃない？」

「もちろんそうかもしれませんが、緑色しかないのであれば、黒のペンでそのまま描いてもよかったと思いませんか？　緑色の花がないというわけではありませんが、花の絵を描くとなれば赤とかオレンジとか。そのあたりの色を思い浮かべる方が多いと思います」

「つまり、蓬くんも羽二重さんのお父さんのように？」

「僕はそうではないかと思います。もちろん本人に確かめたわけではないので、僕の勘違いという可能性も十分あると思いますけどね」

そこまで話して、キリヤは羽二重に身体ごと向き合った。

「『アンバー』と『色の見え方』。片方だけなら僕もただの偶然だと思うかもしれない。……いいえ、両方揃っていても羽二重さんの蓬さんへの態度がなかったら、偶然で片付けていたかもしれない」

キリヤはそこで一度言葉を切る。

「でも、やっぱりお顔が似ているんですよ。目元とか、そっくりですよ」

羽二重ははっと息を呑んだ。

「僕は、遺伝子は暗号のようなものだと思っています。見る人が見れば、お二人の関係は正しく伝わる」

その言葉にしばらく黙っていた羽二重は、ゆっくりと前に身体を倒した。そして、深くて長い息を吐く。

「降参よ。そう、あの子は私の息子」

「それ、蓬さんは知っているんですか？」

「知らないわ。もうこの世で知っているのは、きっと私一人だけね」

微笑みの仮面を捨てた彼女は、困ったように眉を寄せる。そして「私ね、数年前まで息子は死産だと思っていたの」とゆっくりと語りだした。

「当時、同じ産院で同じ出産日の妊婦が三人いたの。それで、その中の二人がほとんど同時に産気づいて、ほとんど同時に子供を産んだの。しかも、どちらも男の子。だけど片方の子供は死んだまま生まれてきてしまった」

染み入るような声だった。真っ白な半紙に落とした墨がゆっくりと広がっていくような、そんな声だった。

「医者は悩んだの。だってその死んだ子の母親が、自分の娘だったから。彼女はもう何年も不妊治療を続けていて、これが最後のチャンスだとその医者も娘も思っていた。……だけど、その子供が死産だった」

光莉でもその後の展開は容易に想像がついた。きっと――

「だから、医者は二人の子供を交換したの。彼の独断で。バレた暁には死んで詫びるぐらいの決意を持って」

それがきっと、蓬だったのだ。光莉は口元を覆う。

「その話はどこで？」

「その医者からよ。実はね、ずっとおかしいと思っていたの。私ね、生まれてきた時に一瞬だけあの子を抱いたの。本当に可愛くてね。手も小さくて。足も本当に小さくて、指の先が豆みたいだったの。温かくてね、泣き声も、一生懸命に生きてるぞ、この世に生まれてきたぞ、って言ってるみたいでね。ねぇ、知ってる？　赤ちゃんって本当に赤いのよ。サルみたいだって言う人もいるけれど、私には、本当に、本当に、この世で一番――」

そこで羽二重の声が止まる。代わりに聞こえてきたのは小さな嗚咽だった。もう二十年以上前の話だが、彼女はいま昨日の事のように思い出しているのかもしれない。羽二重はしばらく肩を小刻みに揺らした後「ごめんなさい」と顔を上げた。琥珀色にゆらめくその瞳には涙は溜《た》まっていなかったが、白目は赤く充血しており目の下も赤くなってしまっている。

「本当にね。本当に可愛かったの。でも、黄疸《おうだん》があると言われて、一時的に保育器へ預けられることになったのよ。医者は心配しなくていいって言ってくれたんだけどね。でも、戻ってきた時には……」

もう動かなくなっていたのだろう。

いきなり死んだ子供を渡されて、羽二重はどう思ったのだろうか。耐えられないほどの辛い思いを『身を切られる』と表現する人がいるが、もしかすると当時の羽二重の心境は、自分の身を切られる方がよっぽど楽だったかもしれない。

「それからずっと、私はあの子は死んだものだと思っていたの。もちろん違和感はあったわよ。それでも、そんな恐ろしいことが行われていたなんて、夢にも思わないじゃない？　……でもね、それがひっくり返る日がきたのよ」

その日は本当に唐突にやってきたらしい。遡ること二年前。羽二重が街を歩いている時に、その瞬間はやってきたというのだ。

「すれ違っただけなの。本当にすれ違っただけ。でもその瞬間、自分でも笑っちゃうぐらい、『私の子だ』と思ったの。電気が走るってああいうことを言うのね」

羽二重はそのまま蓬の後をつけ、執事喫茶インタールードにたどり着いたのである。

「最初は何を馬鹿なことを考えているのだろうと思ったのよ。正直、自分の頭が信じられなかった。だけどね、あの子の声、亡くなった主人にそっくりだったのよ。顔も、どことなく面影があってね。私、恥ずかしいのだけれど、その場で泣いてしまって」

羽二重はずっ、と洟《はな》をすする。

「それから私は、すぐに息子を取り上げた医者のもとへ向かったの。医者はもう産院を自分の息子に譲っていて、病院で寝たきりのような状態になっていたわ。その彼に、私はただ名乗っただけなの。名乗っただけで、彼はとても驚いて……」

すぐに謝罪があったという。そして彼は、自分の罪を羽二重に告白しだした。

光莉は今にも泣き出しそうな目で羽二重を見つめていた。

「そのことを蓬さんに言おうと思わなかったんですか？」

「悩んだわよ。すごく悩んだわ。でも、今のあの子は蓬颯太として生きている。私はそれを邪魔するべきではないと思ったの」

幸いなことに蓬は両親からは愛されており、家庭も裕福。ここで真実を明かすことが、蓬にとって幸せなのだろうか、と羽二重は悩んだという。

「それなら、黙って見守ろうって思ったの」

それからすぐ、羽二重はインタールードの常連客になった。

「僕、少し前に羽二重さんの席に座ったんですよ。貴女がいつもそうしているように、窓も見つめてみました」

「そう。何か見えたかしら？」

「えぇ、良く見えました。スタッフたちが忙しなく歩き回る姿が」

羽二重が見ていたのは、窓の外の景色ではなかった。窓ガラスに映る店内の様子だった。その中にいる蓬を羽二重はずっと観察していたのだろう。

「だから雨の日の方がいいんですね。雨の日は外が暗くて映り込みも濃くなるから」

光莉の解答に羽二重は笑みだけで正解を示した。

「直接見ていたら、色々と怪しまれるかと思ったの」

「羽二重さんにとって、インタールードで過ごす時間は亡くなったはずの息子と過ごす、かけがえのないものだった。……だからお店に、脅迫状を送ったんですね」

その場で驚いた顔をしたのは光莉だけだった。「え？」と漏らした口の形のまま彼女は固まってしまっている。

「な、なに言ってるの、キリヤくん！」

「七瀬さんこそなにを言っているんですか？　僕は最初から言っていたじゃないですか、『脅迫状を出した人間に会いにいく』って」

「それは……」

困惑する光莉を目の端に置いたまま、キリヤは身体ごと羽二重に向き合った。

「蓬さんは二ヶ月ほど前からストーカーに悩まされていました。このままだと、お店を辞めてしまうというところまで彼は追い詰められていた。貴女は久寿さんがストーカーだと思っていて、彼女を止めるためにあの脅迫文を用意したんですね？」

「どういうこと？」

「羽二重さんの目的は警察をインタールードに常駐させることだったんですよ。警察がいるところで無茶なことをする人なんてなかなかいないと考えたんでしょうね」

そうなると、最初に羽二重が光莉に話しかけたのは、偶然ではないということになってくる。あれで久寿は光莉が警察だと知っただろうし、警戒もしただろう。

「それじゃ、五枚目の暗号文だけ解けなかったのは……」

「あれは解けなくて正解だったんですよ。あの暗号に答えはなかったんです。解かせないことで、何かあると思わせてインタールードに警察を長く留《とど》めようとした。警察が切り上げるそぶりを見せたら、また解けない怪文書をインタールードに送りつける予定だったんでしょう」

「えぇ、その通りよ。ちなみに次の怪文書は、明日送る予定だったわ」

羽二重は反省しているように視線を落とす。

「警察に警戒してもらうだけなら、ただただ過激なことを書けばいいわ。『殺す』とか『爆弾を仕掛けた』とかね。だけどそれだと、インタールードは営業休止になってしまうかもしれない。それは本末転倒だから……」

だから、羽二重は脅迫文を暗号で書いたのだ。どうやっても解けない五枚目に意味を持たせるために、四枚目まではきちんとした暗号にしてインタールードに送りつけたのである。

「あの子はもうすぐ就活のためにインタールードを辞める予定になっていた。あの店を辞められると、私はもうあの子と接点がなくなってしまうのよ。もう会えないの。私は、彼と過ごせるひとときを大切にしたかったの」

羽二重は「ごめんなさいね、迷惑をかけて……」と視線を下げる。

その顔は捕まることを覚悟しているようにも見えた。

光莉は考える。確かに彼女のしたことは威力業務妨害だ。インタールードにも安倍川にも迷惑をかけたのは本当だ。だけど――

「……というところまでが、僕の想像です。想像なので、証拠があるわけでもない」

「でも――」

「わ、私も何も聞いていません！　何も聞いてなかったので、この件は知らなかったことにします！」

光莉はまるで挙手するように右手をあげる。視界の隅でキリヤが少し微笑むのが見てとれた。羽二重はしばらく呆然としたあと、ぷっとふきだす。

「優しいのね、二人とも。……ありがとう」

羽二重の穏やかな笑みを見ながら、光莉もほっと胸を撫で下ろす。それと同時に、少し前に道でばったり羽二重と遭遇した日のことを思い出した。もしかするとあれは本当に、蓬のマンションを見張りに行っていたのではないのだろうか。いつまで経っても止《や》むことのないストーカー被害に業をにやして、自分で久寿を捕まえようとしたのではないのだろうか。

「それと、蓬さんをストーカーしていたのは、久寿さんじゃありませんでしたよ。蓬さんを怖がらせていたのは、安倍川さんです」

キリヤのこの言葉には、羽二重も光莉も驚いた顔のまま固まった。

「僕がインタールードに入ったことにより、変則的に蓬さんのシフトが変わりました。なのに、ストーカーの被害は止まなかった。だからおかしいと思ったんです。安倍川さんはおそらく、人の怖がる姿を見て興奮する人間なのでしょう。その証拠に、蓬さんのシフトが違う、と暴れる久寿さんに対処するどころか、彼女が暴れている姿をわざと見せるようにして、蓬さんを怯えさせていました」

光莉は久寿の奇行を見せつけてニヤニヤしていた安倍川の顔を思い出す。

キリヤは更に続けた。

「安倍川さんはインタールードをはじめる前に、逮捕歴がありました。それは心霊スポットに定点カメラを置いたというものだったのですが、おそらくあれは心霊現象を撮るためではなく、心霊現象に怯える人間を撮りたかったんじゃないかと思います」

キリヤはこのほかにも、従業員からも話を聞いていた。どうやら安倍川は、従業員の中で悪戯好きと認識されているようだった。というのも、彼は度々ロッカーなどに飛び出すおもちゃなどを仕掛けて従業員をびっくりさせていたのだという。

「おそらく、安倍川さんは蓬さんの反応を気に入ってしまったんでしょうね。それで段々と行動がエスカレートした」

「そんな……」

「蓬さんはおそらく近々警察にいくのではないかと思います。証拠は、以前ポストに入っていたものもありますし、警察が本気で調べれば、いくらでも出てくるでしょうしね」

「それじゃあ、お店も辞めてしまうわね。客がストーカーならまだしも、オーナーがストーカーする店にはどうやってもいられないものね」

「羽二重さん……」

悲しげな羽二重の声に、光莉は視線を下げたまましばらく下唇を噛んでいた。何とも言えない沈黙がしばらく続いた後、光莉は耐えきれなくなったように、いきなり立ち上がった。

「羽二重さん！　今からでも遅くないですよ！　蓬さんに本当の母親だって言いに行きましょう！」

「言えるわけがないでしょう。私はあの子が幸せに生きていてくれるだけで本当に十分なの。あの子の幸せを壊したいわけじゃないのよ」

「でも、このままじゃ、羽二重さんは……」

　そうは漏らしたが羽二重の言いたいこともわかるのだろう、光莉はそれ以上何も言うことなく、また落ちるようにソファーに腰掛けた。重々しい沈黙がその場を満たす。

　空気を変えたのはキリヤの一言だった。

「蓬さん、知っていたと思いますよ。貴女が自分の母親だって」

「え？」

「蓬さんからもらったコースター、拝見できますか？」

「これですか？」

　そう言って羽二重が手帳の間から取り出したのは、一枚の丸いコースターだった。丸いコースターには上部に『羽二重さんへ』真ん中あたりに『ありがとう』の文字。下部には『蓬より』と書かれている。

「このコースター、ロゴも入っているし、名前も書かれているのでわかりにくいんですが。こうすると……違う読み方ができませんか？」

キリヤはそう言ってコースターを百八十度回転させた。ひっくり返った文字に光莉が顔を傾けると、キリヤが「違いますよ。そのまま読むんです」と注意してくる。

光莉が首のひねりを元に戻し、じっとコースターを見つめる。すると不思議なことに、それまで『ありがとう』と読めていた文字が別の文字の羅列に見えてきたのだ。

「『お　か　あ　さ　ん』？　え、これって？」

「これはアンビグラムというものです。回転させたり、鏡に映したりしても読めるようにデザインされた文字のことを言います。……蓬さんは自分も貴女の存在に気がついていると伝えたかったんでしょうね。だから、アンビグラムを必死に練習した」

「そんな……」

「蓬さん、きっとどこかで気がついたんだと思いますよ。自分と両親の容姿が似ていないことに。今は誰でも簡単にDNA鑑定ができる時代ですからね」

羽二重が言葉をなくしていると、突然、玄関のチャイムが鳴った。呆然とする羽二重を気遣ったのだろう、光莉が「私、出てきますね！」とリビングを飛び出していく。

キリヤはコースターを見つめたまま固まる羽二重に、まあるい声を投げかける。

「そういえば、一つ蓬さんにお願いされていたんですよ」

「なにを？」

「蓬さんは僕を警察だと思っていたらしくて、とある人の住所を探してもらえないかって、お願いされたんです。まぁ、僕も暇だったので、できる範囲で調べてみました。その、とある人が珍しい苗字だったので僕も助かりました」

「それって――」

羽二重が口元を覆う。すると、玄関の方が何やらバタバタと騒がしくなった。

そして、笑顔の光莉がリビングに飛び込んでくる。

「キリヤくん！　羽二重さん！　あのね、蓬くんが！」

羽二重は信じられない面持ちでキリヤの方を見た。キリヤが頷くと、彼女は唇を震わせ、彼に頭を下げる。そして、玄関にかけていった。

羽二重の家に蓬を残し、キリヤと光莉は家路についていた。今後二人の仲がどうなるかはわからないが、いい方に転がってほしいと願わずにはいられない。

光莉はニコニコとしたいい笑みを浮かべながら、隣のキリヤを小突いた。

「キリヤくんってさ、実はハッピーエンドの映画好きでしょ？」

「逆に、嫌いな人いるんですか？　ハッピーエンドの映画」

「ふふふ。そりゃ、いないよねぇ」

光莉の足取りは軽い。そんな彼女の隣でキリヤもわずかに口角を上げた。

10

二人が家路に就く、三十分ほど前の話――

「もう一つだけ聞いていいですか？」

キリヤが羽二重にそう聞いたのは、蓬が羽二重の家に来てしばらく経ってからだった。リビングのソファーに座る緊張した面持ちの蓬。そんな彼の緊張をほぐそうと光莉は必死に彼に話しかけていた。羽二重はいきなり増えた人数に、新しくお茶を準備しようとキッチンに立っており、そんな彼女を手伝うという形でキリヤもキッチンに立っていた。

「なにかしら？」と羽二重は紅茶の葉が入っている缶を開けた。

「蓬さんを取り上げた医師、梅ヶ枝勲《うめがえいさお》さんですが、貴女が蓬さんのことを聞きに行ったのと同じ年、二年前に服毒死しています。抵抗したあとがないことと、遺書があったことから、警察はその死を自殺として処理しました」

いきなり始まった物騒な話に、羽二重は一瞬だけお茶を準備していた手を止めたあと「そう」と小さく漏らす。

「しかしながら、疑問点が一つだけ。毒の入手ルートが最後まで分からなかったそうです。彼が自殺をするために使ったのはイヌサフランという植物の葉を乾燥させたもの。しかし、彼の家のどこにもイヌサフランは見つかりませんでした」

キリヤが窓の外に目を移すと、青々と茂る、まだ花を咲かせていないイヌサフランがあった。

「梅ヶ枝勲さんは、本当に自殺だったのでしょうか？」

沈黙が二人の間に落ちた。羽二重は窓の外に揺れるイヌサフランをじっと見つめる。開け放たれた窓から入る風が二人の髪の毛をわずかに揺らした。

羽二重は手元に視線を戻すとふっと表情を緩める。

「それを私に聞かれても困るわ。何も知らないもの」

そう言う羽二重の顔は、真実を隠しているようにも、本当に何も知らないようにも、どちらにも見えた。キリヤはそんな彼女をしばらく見下ろした後、ただ一言だけ「そうですか」と発する。

「もし、私が梅ヶ枝さんの死に関わっていたらどうするつもりだったの？」

「さぁ。……でも、別にどうもしなかったと思います」

「そう」

「ただ、そのことで貴女が誰かに罪を裁いてもらいたいと苦しんでいるようなら協力しようかと思っていました」

羽二重はもう一度「そう」と呟いてから、ティーポットにケトルで沸かしたお湯を注ぐ。

「私も一つ聞いていいかしら」

「どうぞ」

「どうして、彼女にはこの話をしなかったの？」

そう言って羽二重が視線で指したのは、蓬と楽しそうに話す光莉だった。キリヤは光莉に視線を向けたあと、カップを温めていたお湯を捨てる。

「本当は言おうと思っていたんですけどね。……やめました」

「それは、どうして？」

「あの人、頭も良くないし、落ち着きもないし、うるさいし。本当に元気だけが取り柄なんですよ。そんな唯一の取り柄を取り上げるのも、可哀想《かわいそう》じゃないですか」

キリヤの言葉に羽二重は少し驚いたような顔で固まった後、ふふふと優しく笑った。

「……優しいのね。いいえ、優しくしてあげているのね」

羽二重の言葉にキリヤは何も答えることなく、四つのティーカップが載ったお盆を持ち上げた。

第三話　タイムカプセルに隠された秘密

1

「私、かくれんぼはあまり好きじゃないの」

九月の初め。新学期の始まりとともに転校してきた彼女は鈴を転がすような声で、そう私の誘いを断ってきた。はっきりとした拒絶というよりはその声には遠慮も含まれていて、私は思わず「どうして？」と聞いてしまう。すると彼女は少しだけ黙ったあと、こちらを見ずに口を開いた。

「前の学校でかくれんぼをした時に、私だけ見つけてもらえなかったの」

体裁が悪いのだろうか、恥ずかしそうな顔で彼女はそう言う。

不安げな彼女を安心させたいという思いがあったからだろうか、私は少しの間もおかず、彼女の手を握りしめてにっと歯を見せた。

「大丈夫。私は絶対に見つけてあげるから！　だから、一緒にかくれんぼしよう！」

私の願いが通じたのか、彼女はしばらく悩んだあと一つだけ「うん」と頷いて、座っていた椅子から立ち上がった。

それから半年後、彼女は私の前から忽然《こつぜん》と姿を消した。『見つけてあげる』という約束は、未《いま》だに果たせないでいる。

2

八月某日。

連日続いた二課の手伝いがようやく終わり、光莉は三日ぶりに住んでいるマンションに帰ってきた。久しぶりに見上げる茶色い七階建てのマンションに少しテンションを上げながら、光莉は重たい扉を開けてロビーに入る。汗だくの身体にロビーの少し冷えた空気は心地よかった。

「うわー、たまってるな」

ロビーに入って最初に目に入ったのは郵便受けだった。彼女の部屋、202号室の郵便受けは覗き込んでみるまでもなく溢れかえっている。小さな口から書類がたくさん飛びだしている様は、やっぱりあまり綺麗とは言い難かった。

たった三日でこんなことになるなんて、一体何が入っているのだろう。

光莉はシリンダーを回して郵便受けを開ける。中に入っていたのは、必要なものが少しと、不必要なものがたくさんだった。不必要なものの大半はダイレクトメールで、やれマンションを買えだの、ジムに通えだの、お節介なことを勧めてくる。一方の必要なものは、そのほとんどが通知で、電気料金、水道料金、ガス料金がそれぞれいくらだったかと、それがどこから引き落とされたかが記載されてあった。

その中で一つだけ、とても珍しいものがあった。それは友人からの手紙だった。手紙と言っても便箋が二、三枚入っているような洋形封筒が届いたわけじゃない。彼女のもとに届いていたのは、A4の紙が数枚入りそうな大きな茶封筒だった。送り主は『蛍原《ほとはら》 翔平《しようへい》』。光莉の小学生時代の友人である。

「蛍原くんからだ！　もしかして、今週末のことかな？」

光莉は今週末、この手紙の送り主、蛍原翔平と会うことになっていた。正確には蛍原とだけではなく、小学生の頃仲良くしていたメンバーで久々に会おうという話になっていたのだ。

懐かしい名前に気分が一気に盛り上がる。必要のないダイレクトメールをロビーに置いてある専用のゴミ箱に押し込むと、光莉は茶封筒を持ったままエレベーターに乗りこんだ。我慢できずにエレベーターの中で茶封筒を開くと、入っていたのは一枚の画用紙だった。画用紙の真ん中には見たこともない文字列が書いてある。

「『WTSAQ』……何これ」

そうつぶやいたと同時にエレベーターが開き、光莉は箱を降りた。すると、まるで見ていたかのようなタイミングで、カバンの中に入っているスマホがいきなり軽快な音楽で着信を伝えてくる。スマホを見れば『鈴夏茜《すずかあかね》』の文字。こちらも週末会う約束をしていた同級生だ。光莉は茶封筒を一旦脇に挟むと、電話に出た。

「茜ちゃん、どうしたの？」

挨拶もそこそこにそう問えば、彼女はなんだか困ったような声を出す。

『あのさ、蛍原くんから封筒きた？』

「うん、来たよ。今確認したところ。今週末これ持って集まればいいんだよね？」

『えっと、それがね。実は――』

その後に続いた茜の話に、光莉は「え？」と声を漏らし、脇に挟んでいた封筒を廊下に落とした。

3

それから、数日後——

「帰ってください」

目があった瞬間、開口一番にそう言われた。場所はキリヤの自宅前。言ったのはもちろんキリヤ本人である。まさか門前払いを食らうと思っていなかった光莉は、彼の自宅前だというのにうろたえたような大きな声を出す。

「えぇ!? LIMEでは話を聞いてくれるって言ってたのに!?」

「それは、仕事として頼みにくると思ったから了承したんです。僕は七瀬さんの私用に付き合ってあげる義理はないんです」

「なんで私用だって分かったの？」

「そんなの簡単なことですよ」

まるで某有名探偵小説の主人公を彷彿《ほうふつ》とさせる声色と口調で彼はそう言った。

「まず、七瀬さんの格好です。仕事での用事ならば、スーツでしょう？　なのにあなたは今私服だ。前に大学に来た時は目立たないように私服で来たんでしょうが、僕の家に直接来るのにそういう気遣いは必要ない。二つ目に、その掌《てのひら》の箱。僕が駄々をこねることがある程度予測できたので、ケーキで釣ろうと思っていたんでしょう？　その手には乗りませんよ。そして最後に、その大きな封筒。その中身を解いて欲しいんでしょうが、宛先に七瀬さんの名前が書いてある。つまり、七瀬さんのところにきた何かを僕に解いて欲しいということですね？」

「ご、ご名答です……」

「ということで、帰ってくださぃ」

「ちょ、ちょっと待って！」

家の中に戻ろうとするキリヤを、光莉は腕を摑んでなんとか止める。

そう、光莉は蛍原からの意味不明な手紙の事を、キリヤに相談しに来ていたのだ。

「キリヤくんの言う通りなんだけど！　ここはなんとかお願いできないかなぁ！」

「放してください！」

「私とキリヤくんの仲じゃん」

「つまり、ただの知り合いってことでしょう！」

知り合い。確かに知り合いだ。しかし、その知り合いの頼み事をもうちょっと真剣に聞いてもいいのではないだろうか。

光莉は一度手をはなし、キリヤに向かって深々と頭を下げた。

「お願いします！　友達を助けてあげたいんです！」

「友達？」

「そうなの！　実はね――」

いきなり話し出そうとした光莉を、キリヤは「ちょっと待ってください！」と片手を出して止める。そして、何やらしばらく葛藤した後、彼は諦めたようにため息を漏らした。

「……話だけ、ですよ」

渋々といった感じで折れてくれた彼に、光莉は「ありがとう！」と声を大きくした。

家の中で話し合いをするのだと思っていたら、キリヤが提案してきたのは喫茶ヌーヴェル・マリエでの話し合いだった。今日のケーキは、桃のタルト。店内飲食限定のものではないのだが、期間限定の商品ということで、今回はこれを選んだのだ。光莉が持ってきたケーキはキリヤにもう渡したので、彼女も同じものを頼む。なんだかすっかり常連客だ。

キリヤはタルトを口に運びながら「それで、どんな相談なんですか？」とやる気なく聞いてきた。光莉はキリヤの前に蛍原からきた茶封筒を滑らせる。

「とりあえず、結論だけを言うとね。この封筒の中にある暗号を解いて欲しいんだ」

「結論だけを言いすぎて意味がわかりません。僕の前にそれを持ってきた時点でそのぐらいのことは予想がついていますし、僕が知りたいのはその暗号を解くことによって起こる事象です」

「事象？」

「僕がその暗号を解くと、どうなるんですか？」

「タイムカプセルの場所がわかる！　……たぶん」

「たぶん？」

光莉の曖昧な言葉に、キリヤはこれでもかと嫌な顔をした後、珈琲を一口啜《すす》った。

「とりあえず、順を追って説明するね！　実は今週末、同級生と会う予定があったんだけど、その予定っていうのがタイムカプセルを一緒に探すってものだったんだ」

光莉たちがタイムカプセルを埋めたのは小学六年生の卒業間際。二十歳になったら一緒に掘り返そうね、と約束して彼女たちはタイムカプセルを埋めたのだ。しかし、彼女たちがタイムカプセルを埋めてすぐ、埋めたところにプレハブが建つことが決定し、光莉たちの中で一番小学校の近くに住んでいた蛍原が、先にタイムカプセルを掘り返し、二十歳まで保管しておくという話になった。

「七瀬さんって何歳でしたっけ？」

「二十四歳？」

「二十歳に開ける予定だったのでは？」

「いやー。なんかみんなバタバタしたまま忘れちゃっててさー！」

「……類は友を呼ぶって本当なんですね」

「どういうこと？」

「言葉そのままの意味ですよ」

光莉は意味がわからないという感じで首を捻るが、キリヤはその疑問に答える気はないようで、トントンと指先で光莉が差し出してきた茶封筒を指した。

「それで？　どうして蛍原さんが預かっているはずのタイムカプセルの場所がこの中の紙に示されているという話になるんですか？　掘り返して保管してあるのならば自宅にあるんじゃないです？」

「蛍原くんってさ、サプライズが好きなんだよね」

「はぁ？」

「なんかね。もう一回隠したらしいの。タイムカプセル」

『俺たちのタイムカプセルをもう一度隠したぞ！　今度の週末、集まれるやつだけ集まって、一緒にタイムカプセルを探そうぜ！　今回はちょっと宝探し風にしてみた！　隠し場所を記した手紙をみんなに送ったから、来られるやつはそれを持って集まってくれ！　ちなみに、解けるやつは先に暗号を解いていてもいいからな！』

そのメッセージが届いたのが先週末のことだった。ちょうど、少し遅いお盆として休みをとっていた光莉は、その話に乗り帰省することを決めた。そして先日、宣言通り、あの茶封筒が届いたのである。

「でもそれなら、僕がこれを解かないほうがいいのでは？」

問題を作った人間が一緒にいるのだ。もし解けなくても彼からヒントをもらったり、答えを教えてもらったりなどして、みんなでタイムカプセルを見つければいいだけの話じゃないのか。キリヤはそう言いたいのだろう。確かにそれはそうだし、これを作った蛍原だって、きっと最初はそういう想定でこの紙を作ったはずだ。

光莉はわずかに視線を落とした。

「実は、蛍原くん、駅の階段から落ちちゃったらしくて、まだ意識を取り戻してないんだ」

その話を聞いたのは、まさに蛍原から封筒が届いた日だった。茜からの電話でそのことを知った光莉は、すぐさま病院に駆けつけ、そして、同じように連絡を受けた他のメンバーと再会した。

「みんなでどうしようか考えて、結局予定していた日にタイムカプセルを掘り返そうって話になったの。意識が戻った時に驚かしてやろうって。それで、それぞれに届いた封筒を持ち寄ったんだけど……」

「結局、誰にも解けなかったという話なんですね」

光莉はその言葉に大きく頷いた。

「入っていたものは同じものだったの。だから誰か一人が解ければいいって仕様だと思うんだけど」

そこまで聞いて、キリヤはようやく茶封筒を手に取った。中身を取り出すと大きなA4の画用紙が一枚入っている。その中心には大きく『WTSAQ』と書いてあり、端には小さく『時間をずらす』とも書いてあった。

「『時間をずらす』?」

「多分、『時間を巻きもどす』って言いたかったんじゃないかな? タイムカプセルを埋めた場所が書いてあるってわけだし」

キリヤはしばらく口元に手を置いたまま黙る。それを彼が悩んでいるのだととった光莉は、持ってきたトートバッグからクリアファイルを取り出した。

「やっぱりちょっと難しいかな? 情報が足りないもんね! 蛍原くんたちのプロフィールとかも用意してきたからそれを……」

「いえ、結構です」

キリヤはそう言うと、片手を上げて店員を呼んだ。そして、「この紙が載るような大きいお皿と水差しを貸していただけますか？　追加料金が必要ならこの人が払いますので」と光莉を指した。別にこの暗号を解くためならば、追加料金など痛くも痒《かゆ》くもないのだが、(でも、なんでお皿と水差し？)と光莉は首を捻る。しばらくすると、店員がキリヤの注文通りに、ビュッフェとかでよく使われる大きめの銀のトレーと水差しを持ってきた。キリヤはそのトレーに『WTSAQ』と書かれた紙を載せる。そして、あろうことか水差しに入ったお水をゆっくりとその上にかけはじめたのだ。

「ちょ、キリヤくん何して——って、えぇ!?」

光莉が驚いたのは、紙に何かが浮き出てきたからだ。水が染みていくのと同時ににじわじわと黒い線が紙に引かれていく。出てきた模様は地図のように見えた。地図と言っても縮尺はそんなに小さくない。広い土地の中に立つお屋敷の配置図といった感じだ。敷地を取り囲むように木が植えてあり、横長のとても大きな建物と小さな建物が一つずつ。小さな建物の方にはなぜか星マークが描かれている。

「これ……」

「これは単純な換字式サイファですよ」

「かえじ……なに？　もう一度言って？」

「換字式サイファです。七瀬さん、アルファベットは書けますか？　AからZまで」

「もしかして、馬鹿にしてる？」

光莉は持っていた手帳のページを一枚破ると、そこにAからZのアルファベットを一列に書いた。キリヤはそれを受け取ると、その紙にさらに書き込んだ。

「この暗号の鍵は紙の端に書いてあった『時間をずらす』です。この中から『時間』、つまり『TIME』だけを抜き出して、前にずらすんです。すると……」

キリヤは光莉が書いたアルファベットから『T』『I』『M』『E』の文字だけを抜き出して、その下に書き込んだ。そして、『T』『I』『M』『E』以外の残りのアルファベットを順番通りに並べる。

「たった数文字ずれただけですが、これでも十分暗号としての効果を発揮します。あとは、紙の中心に書いてあるこの『WTSAQ』を一文字ずつ下の文字列から探し出し、それに対応する上の文字

換字式暗号

A	B	C	D	E	F	G	H	I	J	K	L	M
T	I	M	E	A	B	C	D	F	G	H	J	K

N	O	P	Q	R	S	T	U	V	W	X	Y	Z
L	N	O	P	Q	R	S	U	V	W	X	Y	Z

WTSAQ ⟷ WATER

を書き出していきます」

「えっと、『W』はそのまま『W』でいいでしょう？　『T』はその上に『A』がある
から、『A』に置き換えて。『S』の上にあるのは『T』だから……」

光莉は上と下の文字列を見比べながら、『WTSAQ』を変換していく。

「WATER！　だから水ってことね！」

光莉は子供のようなキラキラとした瞳で、水でひたひたになった画用紙を見つめる。

「でもすごい！　水をつけると図が浮き出るなんて！　これってマジック？」

「マジックなんかじゃありませんよ。これは洗濯用洗剤で図を描いただけの話です」

「洗剤で？　つまり、絵の具みたいに筆に洗剤をつけて描くってこと？」

「そういうことです。洗剤の界面活性剤の効果によって、洗剤がついた部分は水をよ
く吸収するようになるんですよ。だから、水につけた時、その部分にだけ先に水が染
みて黒く見えるんです」

「なるほど……」

「ちなみに、放置しておくと他の所にも染みてきますし、乾くと元に戻るので、今の
うちに写真に撮っておいた方がいいですよ」

「わ、わかった！」

光莉はスマホを取り出し、慌てて写真を撮った。

「それで、この地図に見覚えはありますか？　どこかの建物のようですが……」

「それ、私もさっきから考えてるんだけど、多分小学校だと思うんだよね。私の地元の小学校！　それで多分ここが、体育館だと思う」

光莉が指したのは星マークが描かれている小さな建物の方だった。その感じでいくと大きな建物の方が校舎だろう。

「つまり、小学校の体育館にタイムカプセルが隠してあるってことだよね！」

「そういう簡単な話だといいんですがね」

てっきり肯定されると思っていた光莉は「え？」と目を瞬かせた。

「もし、小学校の体育館にタイムカプセルを隠したのならば、僕だったらここに『小学校の体育館』と文字で書きます。しかし、彼はわざわざ地図と星印でそれを示してきた。つまり、これは地図にする必要があったということです」

「えっと。つまり、これで終わりじゃないってこと？」

「その蛍原さんとやらが宝探しを企画していたとするのならば、今はさしずめ宝の地図を手に入れた段階じゃないですか？」

まだまだ序盤なのではないか、彼が言いたいのはそういうことだろう。しかしこの序盤段階で光莉はキリヤに頼らなければ暗号を解けなかった。つまり、この後も——

「あのさ、キリヤくん」「いやです」「明日なんだけどね」「行きません」「電車で一時間ぐらいなんだけど」「だから絶対に――」

4

光莉の実家は、東京都の宇津島《うつとう》市、東宇津島ニュータウンというところにあった。山を切り開いて造られたそこには、大きな住宅地と小学校と中学校、生活を支えるためのスーパーマーケット。そして、その他もろもろの公共施設が詰め込まれている。

蛍原からの暗号を解読した翌日、光莉はキリヤと共に、集合場所である東宇津島駅にいた。彼らの目の前にいるのは光莉の同級生である三人の男女。

角刈り頭に色黒の肌、日本国民の『体育教師』のイメージを固めてならした感じの大男に、細かい作業ができるのか定かではない長い爪をもつ、スタイルの良い派手系金髪美女。それと、ショートボブの黒髪清楚《せいそ》系美人の三人だ。

光莉はそんな彼らを手のひらで指しながら一人一人紹介する。

「キリヤくん、説明するね。右から、虻川剛《あぶかわつよし》くん、胡蝶紫《こちょうゆかり》ちゃん、鈴夏茜ちゃん。全員、私の小学生の頃の同級生です」

「君が蛍原の暗号を解いた子か！　今日はよろしくな！」

「ってか、めっちゃ綺麗な子だね。ツンツン系かな？」

「今日は、よろしくお願いします！」

奇《く》しくも、虻川剛、胡蝶紫、鈴夏茜の順で、彼らはキリヤに声をかけた。キリヤはそんな彼らに「はぁ」とだけ返事をする。光莉はあまりにも愛想のないキリヤにヒヤヒヤしながらも、今度はキリヤの方に手のひらを向けた。

「みんな、こちら九條キリヤくん。仕事で知り合った人で、暗号を解くのがすごく上手な人です！　虻川くんが言ったように、今回の暗号もキリヤくんが解いたんだよ！」

「どうも」

「あれを解けるなんて、すごいじゃん！」と身を乗り出す紫。

「水をかけるなんて発想自体がなかったよな？」と周りに同意を求める剛。

「ほんと、すごいですよね」と感心する茜。

しかしキリヤは「はぁ」と返事しただけで、彼らの言葉にそれ以上の反応を示さなかった。あまりにやる気のないその様子に、光莉はとうとうキリヤを引っ張り、同級生たちから遠ざけた。そして、声を潜める。

「キリヤくん！　ちょっとやる気なさすぎじゃないかな!?　いつもはもうちょっとシャキッとしているよね!?」

「パフェ程度で人を動かそうっていうんだから、このぐらいでちょうどいいんじゃないですか？」

「パフェ程度って、あれ、三千円以上もするんだよ!?」

「ご馳走様《ちそうさま》です」

キリヤへの報酬は、喫茶ヌーヴェル・マリエのパフェに決まっていた。パフェと言っても、前日に予約しないと食べられないもので、毎日限定十食しか提供されないというレアものである。

内緒話を始めた二人に何を勘違いしたのか、紫が揶揄《からか》うような声を投げかけてくる。

「もしかして、二人っていい仲だったりするの？」

その質問にキリヤは辟易とした顔で振り返る。光莉も慌ててフォローをした。

「そんなわけないし！　キリヤくんに失礼だから、そういうのやめようよー」

「ある一定年齢の男女が揃っているってだけで、そういう発想になるのはどうかと思いますよ？」

光莉とキリヤが口々にそう言うと、紫の笑みはさらに濃くなった。

「二人して必死に否定するところが怪しいなぁ。光莉って年下好きだっけ？」

「いや、好きに年上も年下もないけどさー」

「でも七瀬さん、僕みたいな大学生は相手にしないんじゃなかったですか？」

「え。私、そんなこと言ったっけ？」

「言ってましたよ」

「……なんか、怒ってる？」

「怒っていませんよ。ただ、自分より子供のような人に、年下扱いされたのが不愉快だったなぁと思い出しただけです」

「やーん。拗《す》ねてるんだ。かわいいー！」

紫の煽《あお》りに、キリヤはとうとうこめかみに青筋を立てて「はぁ？」と声を低くした。キリヤの堪忍袋の緒がキレそうなのを察知して、光莉は慌てたように「ほら、変な話してないで、もう行こう！」と一同を先導し始める。光莉が歩き出したことにより、みんなも歩き出した。それに、キリヤも渋々ついてくる。

そんな彼らの様子を振り返りながら、光莉はほっと胸を撫で下ろした。

（これ以上キリヤくんの機嫌を損ねたら、協力してもらえなくなるかも……）

紫とキリヤは近づけてはいけないかもしれないと、光莉は肝に銘じるのだった。

光莉たちの母校である東宇津島第二小学校、通称・東二小は、東宇津島駅からタクシーで十分という距離にあった。生徒数の減少から小学校は今年の四月に廃校になっており、中からは人の気配が全く感じられない。そんな東宇津島第二小学校の校門を前に、五人は顔を見合わせていた。

「これ、どうしようか。乗り越える？」と校門を指差す紫に、「それしかないだろ」と答える剛。そんな二人を前に、光莉は目を固く閉じて、耳も塞いでいた。

「光莉、何してるの？」

茜は不思議そうな顔でそう尋ねてくる。光莉は耳を押さえている手に、さらに力を込めた。

「立場上、不法侵入を見逃すことになるのは避けたいので！」

「そんなことしたって、これから不法侵入することには変わりないんですよね？」

呆れたようにそうツッコむのは、キリヤだ。

それはそう。それはそうなのだが、警察官である以上、越えてはいけない一線があるのもまた事実である。

「こんなところで何をしているんですか？」

その声は、誰もいないはずの校舎の方から聞こえてきた。声のしたほうに顔を向けると、作業服姿の男が歩いてくるのが見える。学校にいることも相まって、見た目は用務員といった感じだ。年齢は五十代かそこらだろう。

「ここはもう廃校になっていますよ。何しに来たんですか？」

「えっと……」

「おじさんこそ、何してるの？」

慎重に言葉を選ぼうとする光莉に対し、紫は軽い感じでそう聞いた。

「私は市に雇われて、この小学校の見回りをしてる者です。放っておくと不良たちの溜まり場になるので定期的に見回りをしておかないといけないんですよ。……それで、あなたたちは？」

「えっと、実は俺たちここの卒業生で。タイムカプセルを回収しにきたんです！」

「タイムカプセル？」

そのまま剛は、作業服姿の男に「実は……」と事情を話しはじめたのである。

「そりゃ、大変でしたね」

剛の話を聞いたあと、作業服姿の男は左頭を撫でた。友人のためにタイムカプセルを探しにきたという事情に同情しているのだろう。表情には先ほどのような警戒心はない。

「そういう事情でしたら、協力しましょうか？」

「え。いいんですか？」

「まぁ、このまま放っておいて、勝手に変なところに入られても困りますしね。このまま諦めるっていうんなら、もちろん止めませんが……」

「諦めません！」「諦めるわけないじゃん」と光莉と紫。二人の揃った声に男は「それなら決定ですね」と微笑んだ。

それから男は自分のことを『蜂須賀《はちすか》』と名乗り、内側から校門を開けてくれた。

久々に訪れた小学校は、昔のままだった。少し黒くなったクリーム色の外壁も、校章が入っている時計塔も、下駄箱前の広場も。経年劣化はもちろんしているが通っていた当時の印象を四人に与えてくれる。校庭には『お化けの木』と呼んでいた、一際背の高いご神木のような木が未だに堂々と立っているし、遊具は一新されているけれど、小学校卒業と同時に寄贈した東屋《あずまや》はそのまま残っている。

「うわぁ、懐かしいねー！」

「小学校の鉄棒ってこんなに低かったっけ？」

「このタイヤ遊具。よくみんなで遊んだよなー」

「ねぇ、覚えてる？　紫と光莉、よくブランコの取り合いで喧嘩していたよねー」

茜の言葉に光莉は「だって、紫ちゃん、約束したのに全然ブランコ代わってくれなくてさー」と苦笑じみた声を出す。それに答えるように紫も、「なんか光莉なら許してくれそうな感じがしたのよねー」と悪びれることのない声を出した。

そんな昔を懐かしんでいる一行に、キリヤは言葉をかける。

「楽しそうなところ悪いんですが、体育館には行かなくていいんですか？」

「あ、そうだった！」

「確かに、このまま呆けているわけにはいかねぇよな」

「体育館ってこの奥だよね？」

「んじゃ、思い出を振り返るのは、タイムカプセルを見つけたあとってことで！」

五人と蜂須賀は体育館に向かう。体育館は、敷地の一番奥にあった。鍵は閉まっておらず、蜂須賀に頼らずとも簡単に入ることができた。

キリヤは蜂須賀に声をかける。

「鍵は普段閉めていないんですか？」

「まぁ、いちいち閉めていたら確認が大変になりますので、基本的には開いていますよ。さすがに校門だけは閉めていますがね」

「そうですか」

キリヤがそんな会話をしているのを尻目に、彼ら以外のメンバーはだだっ広い体育館を見回していた。結構な広さだが、何もない空間なので、探すところは逆に少なそうだ。剛は気合いを入れるためにか腕をぐるぐると回す。

「よっし！　ここにタイムカプセルがあるんだよな？」

「え。でも、そうとも限らないって話じゃなかった？　キリヤくんだっけ？　彼の予想だと、次の暗号があるかもしれないんでしょ？」

「あー。でもさ、蛍原がそこまで考えてるかなぁ」

先頭で剛とそんな会話を交わしていた紫が、くるりとこちらを振り返る。

「ねぇ、茜は何か知らない？」

「私は、蛍原くんがこんなことを考えていることも聞かされてなくて……」

「恋人にも内緒かー」

「恋人？」と反応したのはキリヤだった。光莉はキリヤの袖をついいと引っ張ると彼の耳元で声を潜める。

「茜ちゃんは、蛍原くんの恋人なんだ。暗号を解こうと思ったのは、あの事故以来塞ぎ込んでいる茜ちゃんを元気付けようって理由もあって……」

「へぇ」

「また興味がなさそうな返事」

「興味がないんだから仕方がないでしょう？　まぁ、情報としては理解しました」

光莉はそこでキリヤの耳元から顔を離す。いまだ真剣に取り組んでくれないキリヤに唇が少しとんがったが、彼からしてみれば、これはまったく知らない光莉たちだけの内輪の話だ。興味を持てというのも酷な話だろう。むしろ興味がないにもかかわらず、パフェ一つでここまで付き合ってくれるのだから、自分は彼に感謝しなくてはならない。そう思い、光莉はせり上がってきたものを呑み込んだ。

「こうなったら、誰が先にタイムカプセルを見つけるのか競争しねぇか？」

そう言ったのは剛だ。紫も「いいじゃん。めっちゃ面白そう！」と話に乗る。

「んじゃ、負けた人は勝った人に何か奢るってことね！」「よし、乗った」

そう言って、剛と紫は我先にと体育館内に散っていった。そんな彼らの背中を見ながら、「私も探してくるね！」と茜が飛び出していく。

「もし、鍵が開いてないところがあったら言ってくださいねー！」

蜂須賀の呼びかけに、先に飛び出して行った三人が「はーい！」と元気よく返事をする。光莉は隣のキリヤに声をかけた。

「キリヤくんはどうする？」「肉体労働はお任せします」「わかった！　では私は、肉体労働してきます！　……行ってくるね！」「はい、いってらっしゃい」

なぜか敬礼をして、光莉は三人に倣うように体育館内を探し始めた。

「おーい！　なんか変なハチマキを見つけたぞ！」

その声が聞こえたのは捜索が始まってから十分ほど経った時だった。声を上げたのは剛で、彼は体育館の二階の通路、キャットウォークから身を乗り出している。残りのメンバーはその声に急いで剛のそばに行く。

「これ見てみろよ」

そう言って剛が指したのはキャットウォークの手すりだった。少しペンキの剝がれたそこに、赤いハチマキがリボン結びになっている。キリヤはそのリボン結びを解いて、ハチマキを手に取った。

ハチマキ自体は何の変哲もないものだった。運動会で使うような、どこにでもある、普通の赤いハチマキ。唯一、普通ではない点があるとすれば、そこに文字が書いてあることだった。

「『ろいき△くのょねこぅんろしせのつ』？」

光莉がキリヤの手元を覗き込みながらハチマキに書いてある文字を読み上げると、

「な？　変なハチマキだろ？」と剛が同意を求めてくる。

「もしかしてこれが、蛍原くんが残した次の暗号なのかな？」

「だと思う！　この字、蛍原くんのものだと思うし！」

光莉の疑問にしっかりと頷いたのは、茜だ。紫は不機嫌そうに片眉をあげた。

「茜が言うのなら間違いないんだろうけど。これ、なんて書いてあるの？」

そんな彼らを尻目に、キリヤはさして悩むそぶりも見せずにこう口にする。

「これは、スキュタレーですね」

「スキュタレー？」

「世界最古の転置式サイファの一つですよ」

キリヤがさらりと述べた単語に、剛は眉間の皺を深くした。

「サイファって、何それ。サファイヤ？」

「違います。サイファです。文字を主要単位とする暗号処理のことですよ。コードと混同して考えられがちですが、コードは単語や語句や数字列全体といった塊を転置する処理のことで、個々の文字を処理するサイファの方がさまざまな形の通信に応用できる暗号処理だと考えられています」

いつもの調子で喋りだしたキリヤに、光莉以外のメンバーは難しい顔で首を捻った。

光莉がフォローするように口を開く。

「えっと。サイファの説明は良いんだけど、スキュタレーっていうのは？」

「スキュタレーというのは、帯を棒に巻きつけて、その上から文字を書くという簡単な暗号です。場合によっては空いている場所をいらない文字で埋めたりもします。作るのは簡単なんですが、作る時に使ったのと同じ太さの棒に巻きつけないと解読ができないため、昔はそこそこの機密性が保たれていたそうです。まぁ、文字の並びにより、ある程度の予測ができたりしますが……」

「つまり、どうやったら解けるんだ？」

「ですから、スキュタレーというのは、鍵となっている棒に巻きつければ、自然に読めますよ」

「鍵となっている棒？」「自然に？」「俺には何を言ってるのか分からないんだが？」

頭に疑問符を浮かべるメンバーをよそに、キリヤはサクサクと暗号解読を進めていく。無視しているわけではないが、付き合っていたら日が暮れてしまうので、あえて聞こえていないふりをしているのだろう。

「この場合は、括《くく》りつけられていたこの手すりが、一番怪しいですね」

そう言って彼はクルクルと手すりにハチマキを巻きつけ始めた。「これで、本当に読めるようになるのかよ……」と半信半疑だった彼らだが、キリヤがハチマキを巻き終えると、全員目をひんむいた。

「『ろくねんせいのころのきょうしつ△』！　六年生の頃の教室！」

「すご。ほんとに読めちゃうんだ！」

「これが次の行くべきところみたいですね」

キリヤがそういうと、紫が子供の頃に戻ったよ

スキュタレー

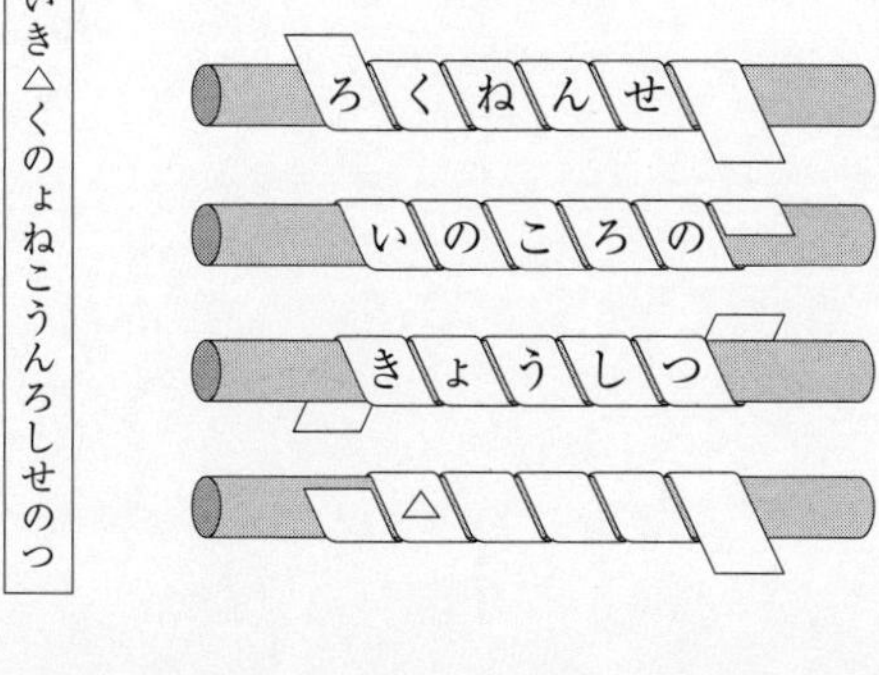

うな声を出した。

「私たちって六年生の頃何組だったっけ？」

「二組だよ！　六年二組！　行ってみようぜ！」

「ちょ、ちょっとまってよ。みんな！」

先頭を切って走り出す剛に、楽しげについていく紫。遅れて茜が走り出す。きっと昔もこうだったのだろうというような三人の背中に、蜂須賀も「ちょっとまってください！」と体育館を後にする。

残されたのはキリヤと光莉だけだった。光莉はキリヤの手元に残ったハチマキをまじまじと見ながら疑問を口にする。

「それにしてもこの△ってなんだろうね」

「わかりませんが、何らかの意図があることは確かですね」

5

六年二組の教室は、校舎の二階の端の方にあった。二組なので一番端とはいかないものの、それでも体育館からはそれなりの距離がある。

「そういえばさ、小学生の時に行方不明になった女の子いなかった？」

紫がそう言ったのは、教室に向かっている道中だった。暗号を解いたばかりの時のようなテンションもみんな落ち着き、廊下に広がるようにしながら、彼らは並び歩いている。先頭付近を歩くのは剛と紫と茜。その後ろに蜂須賀がいて、そのさらに後ろに光莉とキリヤがいる形だ。

「あぁ、そういえばそうだったな」と剛が紫の話に同意を示し、茜も「そんなこともあったね……」と表情を暗くした。何も知らないキリヤは「行方不明？」と首を捻る。

そんなキリヤに説明するため、剛がこちらを振り返ってくる。

「小学生の頃、公園で遊んでいた子供が突然いなくなるって事件があったんだよ」

「あぁ、ありましたね。そんな事件」

「蜂須賀さんも知ってるんですか？」

「まぁ、一時期、あのニュースで持ちきりでしたからねぇ」

そう言いながら蜂須賀は胸元を摩《さす》る。

「そういえばさ。確か、光莉と茜と翔平って、その子と仲良くなかったか？」

「確かに！　結構一緒に遊んでたよね？」

剛と紫に話を振られた光莉は、一瞬だけ言葉を詰まらせた。

「あ、うん。仲良かったよ。二年生の時、同じクラスだったからね」

「結局、その子って見つかったのか？」

「ううん。……見つからなかった」

声色はいつも通りを繕っているが、光莉の視線は僅かに下がる。

「や、やめよう。その話！」

そう声を張り上げたのは茜だった。全員の視線が彼女に集まる。注目されたことが恥ずかしかったのか、茜は頬を染めたまま俯いた。

「今はほら、タイムカプセル探しているんだし……」

「そうだけどさ。でも、気になるだろ」と、剛がどことなく不満そうな声を出した。

「確かに。うちの学校で起こったことじゃんね？」「おう」「でも！」

茜が再び声を張り上げる。

「でも！　それ以上は私、あまり聞きたくないな……」

そこから何となく居心地の悪い空気がじんわりと広がり、全員の間に沈黙が落ちる。

そんな彼らに助け舟を出したのは、意外な人物だった。

「そうですね。そろそろ教室にも着きますし」

蜂須賀はそうおっとりと言って微笑んだ。

それからすぐに教室にたどり着いた。『6－2』と書かれてあるプレートを確認して扉を開ける。広がっていたのは、懐かしい光景だった。多くの人が原風景に持っているだろう光景。白く汚れた黒板と、教卓。誰かが片付けた後なのだろう、机はロッカーのほうに下げられていたが、それも何だか掃除時間を彷彿とさせて懐かしかった。

しかし、その中で異質なものがあった。

「今回は探すまでもないな!」

剛の言う通りに、謎は目の前にあった。教室の真ん中に机が八つ置かれている。そのどれもにA4の紙が貼り付けられており、その紙にはそれぞれフェルトペンで何かが書かれていた。


『運動の教師』『加盟する』『駆逐艇』『都合通知』

『思うところ』『少々の名誉』『・・』『☆』


「なんだこれ?」

「キリヤくんはもうわかった?」

光莉の問いにキリヤは「ええ。これは――」と答えを口にしようとする。しかし
「ちょっとまった!」と剛がキリヤの発言を止めた。

「ちょっとは自分たちで考えようぜ! せっかく蛍原が残してくれたクイズだしな!」

「それも、確かにそうね！」

「っていっても、ヒントぐらいは欲しくない？」

「確かに！」

そこで全員の視線がキリヤに集まった。わざわざ遠回りをしだした彼らにキリヤは一瞬だけ嫌な顔をしたが、それはすぐに収めて思案顔になる。

「ヒント、ですか。そうですね、……音のリズム、でしょうか」

「リズム？」「私、スマホで検索しちゃお！」「いや、それずるいだろ」

茜と紫と剛がそれぞれ、自分で考えてみたり、スマホで検索してみたりと暗号を解き始める。光莉はそんな光景を教室の隅で見守っていた。

（みんな。楽しそうでよかったな）

茜からの電話を受けたときは、どうなることかと思ったし、病院で眠る蛍原を見たときは、もう何も考えられなかったけど。こうして笑う三人を見ていると、タイムカプセルを探しに来て本当によかったと思ってしまう。最初は正直、蛍原があんな状態なのに自分たちだけでタイムカプセルを探すことに、罪悪感のようなものがあったのだ。

そんなことを考えていると、キリヤが隣に立った。そしてこちらをチラリと見下ろした後、光莉にしか聞こえないような声を出す。

「行方不明の女の子の話、七瀬さんと何か関係があるんですか？」

「え？　どうしてそう思ったの？」

「女の子の話をしている時、七瀬さん、元気がありませんでしたから。それと、茜さんが会話を止めた時、彼女は明らかに七瀬さんを庇っているように見えた。だから、なにかあるのかな、と」

　光莉は大きく目を見開いて固まった後、「あー……」と声を漏らした。そして、頭をかく。彼女はしばらく逡巡した後、話し始めた。

「実はね。花《はな》ちゃんを公園に誘ったの、私だったんだ。花ちゃんっていうのは、いなくなった花潜《はなむぐり》さんのことなんだけど……」

　そこで光莉は積み重なった机たちに、少しだけ背中を預けた。

「花ちゃんがいなくなったのは、私たちが小学三年生の時。花ちゃんってさ、あんまり外で遊ぶの好きじゃなかったんだけど、いつも私に付き合って遊んでくれてたんだ。あの日も、そうだった」

　光莉は教室の床を見つめながら、当時のことを思い出す。

　あれは、花潜が東二小に転校してきて、半年ほどが経ったある日のこと。春の陽気が公園全体に立ちこめていて、小学生の光莉たちにとっては絶好の外遊び日和だった。

「最初は鬼ごっこして、その次は雲梯《うんてい》で遊んで、最後にはかくれんぼをしたんだ。私は鬼でね、三十秒数えてたの。でも、次に目を開けたときには、花ちゃんはいなくなっていた。……それから見つかってないんだ」

なんてことない風に、光莉は淡々と話す。しかし、その喋り方とは裏腹に、感情の爆発を抑えつけているかのような緊張感がその場に漂っていた。

「花ちゃんがいなくなったの、結構ショックでさ。暫く学校もいけなくなって。そんなときに声をかけてくれたのが、茜ちゃんだったんだよね。だから、今回も心配してくれたんだと思う」

光莉は「いつまでも心配をかけていたら、ダメだよね」と苦笑する。

「私が警察官になったのって、実は花ちゃんを捜すためだったりしたんだよね。ほら、警察官だったら、いつか花ちゃんを見つけてあげられるかもしれないでしょ？」

「生きていると思っているんですか？」

その言葉に、光莉は一瞬息を呑む。

「……わかんない。でも、生きてたらいいな、とは思ってる。昔ね、引っ越してきたばかりの頃。花ちゃん、かくれんぼがあまり好きじゃなかったんだ。前に見つけてもらえなかったことがあったんだって。だから私、約束したんだ。『私が絶対に見つけてあげる』って。だから私は、私だけは、彼女がどういう状況で、どんな姿になっていても、いつか絶対見つけてあげなきゃいけないって思ってるんだ」

光莉はそこで言葉を切り、キリヤのほうを見た。

「約束、だからさ」

「約束……ね」

なにかが引っかかったのだろうか、キリヤはそこで少しだけ遠くを見た。そんな彼の様子に、光莉は「キリヤくん？」と首をひねる。

「……守れるといいですね。その約束」

角の取れた彼の声がまるで自分のことを励ましているかのように聞こえて、光莉は笑顔で「うん！」と頷く。

そうしていると、とうとう限界が訪れたのだろう「あー、もう分かんねえ」という剛の声が教室に広がった。

「私もわかんない。全然検索に引っかからないんだもん！」

「私の方も駄目……」

紫も茜も同じように白旗をあげている。三人の視線に、キリヤは呆れたように指を二本立てた。

「それではヒント二。これはモールス信号です」

「モールス信号？　それは俺も聞いたことあるぞ！」

「でも、モールス信号って、こんな風に文字で表したりしないよね？」

「まって！　『モールス信号』と『運動の教師』って調べたら！」

紫がスマホの画面をこちらに向ける。そこには『モールス信号の合調法』という文字がトップに躍り出ていた。

「正解です。これはモールス信号を暗記する際に用いる、合調語というものになります。リズムと同じ単語を選んだもので、まぁ、語呂合わせですね」

「語呂合わせって事は、『泣くようぐいす平安京』みたいなやつ？」と紫。

「そうです。モールス信号というのは、『─《長点》』と『・《短点》』で文字を表すものですが、記憶するとなるとそれなりに苦労がいります。例えば、ひらがなの『あ』はモールス信号で表すと『─《ツー》─《ツー》・《トン》─《ツー》─《ツー》』になります。これを合調語に直すと『アーケード通行』となります」

「『アーケード通行』。……『アーケードツーコー』ってことか！」

一人だけ理解した様子の剛に、紫が「どういうこと？」と眉をひそめた。

「だから、『アーケードツーコー』って机叩いてみろって！」

「机？　あーけーど、つーこー……って。あぁ、なるほど！」

「リズムがそのままモールス信号になるのね」

茜がそう同意を求めると、キリヤは「そういうことです」と首肯した。

「それじゃ、この対応表の通りに解読すれば、この問題は解決ってわけだな！」

剛は意気揚々と、スマホ片手に床に転がっていた鉛筆で、机に貼ってある紙に文字を書いていく。そして八文字すべて書き終わると、首をひねった。

「『んかくつぉし・・☆』？」

「……もしかしてこれ、アナグラムってやつじゃない？」

キリヤを通して少し暗号のことに強くなったのだろう、光莉がそう声をあげる。

「アナグラム？」

「文字がバラバラに配置されてるの。これって机だから、移動できるでしょ？　この『・・』は濁点を表すから、『く』か『か』か『し』か『つ』の隣で……」

そう言いながら光莉は机を移動させた。

そして――

『思うところ』『運動の教師』『加盟する』『・・』

『駆逐艇』『少々の名誉』『都合通知』『☆』

「こうじゃないかな！」と胸を張る光莉。対応表を見ながら剛は「『ぉ　ん　が　く　し　つ』音楽室！」と喜びの声をあげた。同時にキリヤが「正解です！」と告げると、みんな嬉しそうにハイタッチをする。

「でもさー、翔平さー。今回は気合い入れ過ぎだろう。なんだよ、スキュキュキュキュー とか調合法って」

「スキュタレーに合調法ね。昔っから、こういうサプライズ、好きだったけどね？」

「私たちだけだったらとても解ける内容じゃないよね？」

「きっと、蛍原さんは自分が僕の役割をするつもりだったんだと思いますよ」

キリヤの言葉に、剛が「へ？」と素っ頓狂な声を上げる。

「こうやってヒントを出して、みんなで楽しく謎解きをするつもりだったんだと思います。スキュタレーは有名なので何もなくても解けるかもしれませんが、今回の合調法は知識がないと解けないものですからね」

「そっか……」「まぁ、考えそうよね」「うん」

蛍原のことを思い出したからだろう、しんみりとした空気がその場に満ちる。蜂須賀も「蛍原さん、早く元気になるといいですね」とどこか寂しそうに言って、左頭を撫でた後、右手を揉んだ。

「あー、早く蛍原起きねぇかな！」「起きた時にびっくりさせてやりましょ！」「うん。そうだね」

剛はジメジメとした空気を振り払うように声を大きくした。

「そうと決まれば、音楽室に行くぞ！」

6

「そういえば、タイムカプセルにみんな何入れたの？」

音楽室に向かう途中、そんな話になった。話題を振ったのは紫で、視線の先には光莉がいる。

「何って、私は将来の自分に送る手紙かなぁ」

「将来の自分への手紙って、ありきたりねぇ。ちなみに、どんなことを書いたの？」

光莉は思い出すように口元に手を当てた。

「えっと。『将来自分は何をしてますか？』とか『まだ茜ちゃんたちとは友達ですか？』とか、そんな質問形式の手紙だったと思う。あ、でも、その時ちょうど右肩怪我しててさ、手紙は左手で書いたんだよね。だから文字がすごく汚くて……」

当時のことを思い出したのだろう、光莉はげんなりとしたような顔になる。

「怪我したって、あれでしょ？ 私、覚えてる。野球ボールが肩に当たったやつ！」

「そうそう。たまたま野球クラブのボールが当たっちゃってさ。しばらくの間、腕が上げられなかったから大変だったよ」

「それは痛そうですねぇ」と蜂須賀は右肩を撫でる。光莉は「結構痛かったですよ」

と蜂須賀の言葉に返したあと、同級生たちに視線を向けた。

「みんなは？　というか、タイムカプセルに入れたものを覚えてる？」

光莉の質問に真っ先に答えたのは剛だった。

「俺は、当時の写真かな。父さんに撮ってもらったやつ入れたんだ。後で見たら面白いだろうって」

写真と聞いて懐かしくなったのか、一同はわっと盛り上がる。

「それいいね！　見たいー！」「みんな、どんな顔してたっけ？」「今と変わらないんじゃない？」「そうかも！」「というか、そういう紫ちゃんは何入れたの？」

光莉の問いに紫はなぜか恥ずかしそうに鼻の頭をかく。

「私は当時好きだったふみっこちゃんのシール入れたんだ。未来の私も好きだろうなぁと思って入れたんだけど、もっとちゃんとしたもの入れれば良かったなーって、今更ながらに思ったりしてた」

「ふみっこちゃんかぁ、懐かしいねー」

「それ、女の子に人気でしたよね」

会話に入ってきたのは蜂須賀だった。思わぬ人物が会話に入ってきて、光莉たちは驚いたように彼を見る。

「蜂須賀さん、もしかしてお子さんがいたんですか？」

「いいえ。子供はいないんですが、近くの玩具屋《おもちゃ》でよく見かけたので覚えていたんですよ。姉妹商品のうみっこちゃんも、当時人気でしたよね」

「わ！　蜂須賀さん、くわしぃー！」

タイムカプセル探しに協力してもらっているからか、蜂須賀と光莉たちの間に最初の時のようなギクシャクとした感じはなくなっている。むしろ、親戚のおじさんのような親しみが声にはこもっていた。

紫の視線が今度は茜に向いた。

「それで、茜は何入れたの？　光莉と同じように手紙でも入れた？」

「私は、ハンカチ、かな」

「ハンカチ？　なんで？」

「実は、蛍原くんとの思い出の品なんだ。初めてのクリスマスプレゼントで」

その言葉と頬の赤みに、女性陣たちは色めき立つ。きゃぁと、光莉と紫は抱きしめあった。

「翔平からはハンカチもらって、茜は何を返したの？」

「私は、インセクターマンのキーホルダーで……」

「あぁ！　あのカバンにずっとつけてたやつ？　あれって茜ちゃんがあげたものだったんだ！」

茜は「うん」と恥ずかしそうに頷く。そろそろ結婚の話が出ていてもおかしくない年齢なのに、まだまだ初心《うぶ》なところが彼女らしかった。

「二人って、小学生の時から付き合ってたっけ？」

「付き合ってたって言うか、幼馴染《おさなじ》みだから。正式に恋人になったのは、中学校を卒業してからだよ」

「わぁあぁ！　なんかいけないこと聞いた気分！」

「当時からずっとラブラブだったもんね？」

盛り上がる女性陣に、剛は「女ってこういうの好きだよなー」と白けた顔をしている。他人の恋愛話に興味がないのだろう、彼は茜に「そういえば、蛍原が何を入れたか知らないか？」と聞いた。

「蛍原くんは、その頃書いてた日記を入れたって言ってたよ。みんなとの思い出を詰めたいって思ったら、自然とそうなったらしくて……」

どこかで日記を書いているのを見たことがあるのだろう、「わぁ！　そういえば書いてたね、日記」と紫が零《こぼ》す。「もしかして今でも書いてるのか？　アイツもマメだねー」という剛の言葉に「メモ魔だよね」と光莉も同意を示す。

そうこうしている間に、一同は音楽室にたどり着いた。

音楽室の扉を開くと、まず見えたのはグランドピアノだった。赤い布が被せてあるそれは、今でも現役で使えそうな雰囲気を漂わせている。音楽室をぐるりと見回して、剛は若干落ち込んだような声を出した。

「教室の時みたいにわかりやすいものはないなー」

「それなら、みんなで手分けして探そうか！」

「光莉、元気だねー。ちなみに、音楽と聞いて浮かぶ暗号とかある？」

紫の質問に、キリヤは少し考えた後、口を開いた。

「いろいろありますが、有名なのは音符による文字の代用ですかね」

「文字の代用？」

「第一次世界大戦の頃、音符とアルファベットを対応させた表を作っていたスパイがいたそうです。それ以前だと十八世紀、イギリスの作家、シクネスが二分音符を文字として使い、その他の音符を冗字として使っていたらしいです」

「ジョージ？　ジョージってだれ？」

「誰、ではなく、何、です。冗字というのは、見せかけの文字という意味です。音符は楽譜にしてしまえば、暗号文だとバレにくくなりますからね。換字として優秀なんです」

つらつらと出てくる蘊蓄《うんちく》に「本当に物知りだなぁ」と剛が感心したような声を出す。

「なんでそこで光莉ちゃんが胸を張るの？」

「そうでしょう？」

珍しい茜のツッコミに、場がわっと盛り上がった。

「確かに！」「お前は俺と紫と同じで、馬鹿の部類だろ？」「えぇ!? それは失礼じゃない？」「事実だ！ 事実！ な。キリヤ？」

いきなり剛にそう名前を呼ばれ、キリヤの身体がびくついた。どうして自分に話を振ってくるのかわからないというような顔をしていたが、そのまま無視をするわけにもいかないので彼は会話に交ざる。

「まぁ、どちらかといえば頭は足りない方ですかね」

「キリヤくんまで！」

「その辺は期待してないので大丈夫です」

いつもの調子でキリヤがそう返すと、光莉は頬を膨らませながら「言っていいことと悪いことがあると思うんだけど！」と不機嫌さを露《あら》わにする。そんなやり取りを見て、紫がぷっとふきだした。

「なーんか、二人のいつもの感じがようやくわかってきた気がする」

「私も」

茜までそう言ってクスクスと笑い出す。光莉は頬を染め、「あぁもう！ 私のことはいいから暗号探ししよう！」と話の矛先を変えた。

その声にみんな、暗号探しを再開させる。

「でも、音楽室に隠してあるなら、音楽室ならではのものかもね」

「音楽室ならでは、ってことなら、楽器か？」「あとは、楽譜？」「もしくは、五線譜になぞらえたなにかかもね！」「それ、かっこいいな！」

「それか、……肖像画、とか？」

そう言ったのは、茜だった。彼女の指先は、壁にかかっているベートーベンやシューベルトなどといった作曲家の肖像画に向けられている。茜の視線を辿《たど》るように、一同は自然と壁にかかっている肖像画を見た。

「なんか、肖像画に落書きがしてない？」

それを見つけたのは、光莉だった。彼女がそう言ったのと同時に、他のメンバーも肖像画に近寄る。

「本当？　どこらへん？」「俺にはわからないけど」

「ほら、ベートーベンの顔の左上のところに黒い丸がついてる」

光莉の言うとおりに、ベートーベンの肖像画には黒い丸のようなものがついていた。

あれはきっとフェルトペンで書かれているものだろう。

「ほんとだ！　しかも、額縁のところにも線が引かれてない？」

「というか端っこのやつ、今にも落ちそうになってないか？」

音楽室には六つの肖像画があった。黒い丸の落書きがあったのはベートーベンの肖像画だけだが、額縁のところにはどれにも線が引いてある。しかもその線も、額縁の四辺すべてに引いてあるわけではなく、多くても三辺にしか引いていなかった。つまり、引いていない辺が必ず一つはあるのだ。

しかもよく見てみると、額縁の隣にはメモ帳が一枚押しピンで貼り付けられており、そこには『△』と大きく書かれてある。

「これって……」

キリヤが肖像画を見ながらそう声を漏らす。光莉は彼を覗き込んだ。

「キリヤくん、何かわかったの？」

「わかりましたけど、これは僕が答えていいんですか？」

「ちなみに聞くけど、これって俺たちにも解けそう？」

「この中に薔薇《ばら》十字団やフリーメーソンに詳しい方がいれば」

その言葉に一同は顔を見合わせた後、同時に首を振る。そんな彼らの様子にキリヤは息を吐き出した後、黒板に向かった。そして、残されていたチョークで何かを書き始める。

縦に線を二本。それに重なるように横に線を二本。

「なにそれ、ハッシュタグ？」「ここは音楽室だから、シャープじゃないの？」

キリヤが黒板に書いたものに、紫と剛の二人はそんな感想を漏らす。確かにハッシュタグにも見えるし、シャープにも見える。しかし、直線が重なったあの図は『格子』と呼ぶのが最適かもしれない。それを二つ。次にキリヤは大きくバツを二つ書いた。そして格子とバツ印のそれぞれ片方だけに黒い点を打っていく。

そこまで書き終えて、ようやくキリヤはチョークを置いた。

「これはメッシュ暗号と呼ばれるもので、アルファベットを九十度に交わった線と点により表したものです。これの作り方は簡単で、まずは3×3の格子二つと、×のマーク二つを描き、次にそれぞれ片方に黒い点を打ちます。あとは任意の場所にアルファベットを一文字ずつ入れていくだけです。今回の場合は、アルファベットを順番に入れただけですね」

キリヤはもう一度チョークを持ち、先ほど描いた図にアルファベットを書き込んでいく。

「そういう風に言うってことは、アルファベットを順番に入れない場合もあるってことか？」

そう質問してきたのは剛だ。キリヤは黒板に向かいながら一つ頷いた。

「順番に入れないこともありますし、一つの箇所に二つ以上の文字を入れて、黒い点の数で文字を表す場合もあります。今回は単純なのでよかったですが、捻られるとなかなか解けないんですよね、これ」

キリヤはアルファベットを書き終えると「話を戻しますね」と振り返る。

「例えば、このメッシュ暗号で『A』を表したい場合、まっすぐに下ろした直線とそこから左へ伸びる直線で表します。ちょうどアルファベットの『L』の逆のような感じですね。これが『B』になると上だけ開いた長方形のような形になります」

「肖像画に書かれていた線と点は、このメッシュ暗号を表してるってことか？」

「そうですね」

「それじゃあ、後はこの図の通りにアルファベットを当てはめていくだけ？」

茜が黒板の前に出る。そして「えっと、だから。こういうことだよね？」と背後にある肖像画と目の前にある対応表を見比べて、アルファベットを六文字書き出した。

その文字は——

「『R　A　B　B　I　T』、ラビット！　うさぎだ！」

「そういえば、うさぎ小屋あったよね？」

紫が窓へ向かう。それに倣うように、他のメンバーも窓へ向かった。窓ガラスにへばりつくようにして外を見ると、敷地の端に小さなうさぎ小屋が見えた。うさぎ小屋の近くには背の高い看板のようなものが立っており、そこには木の板に描かれた可愛

メッシュ暗号

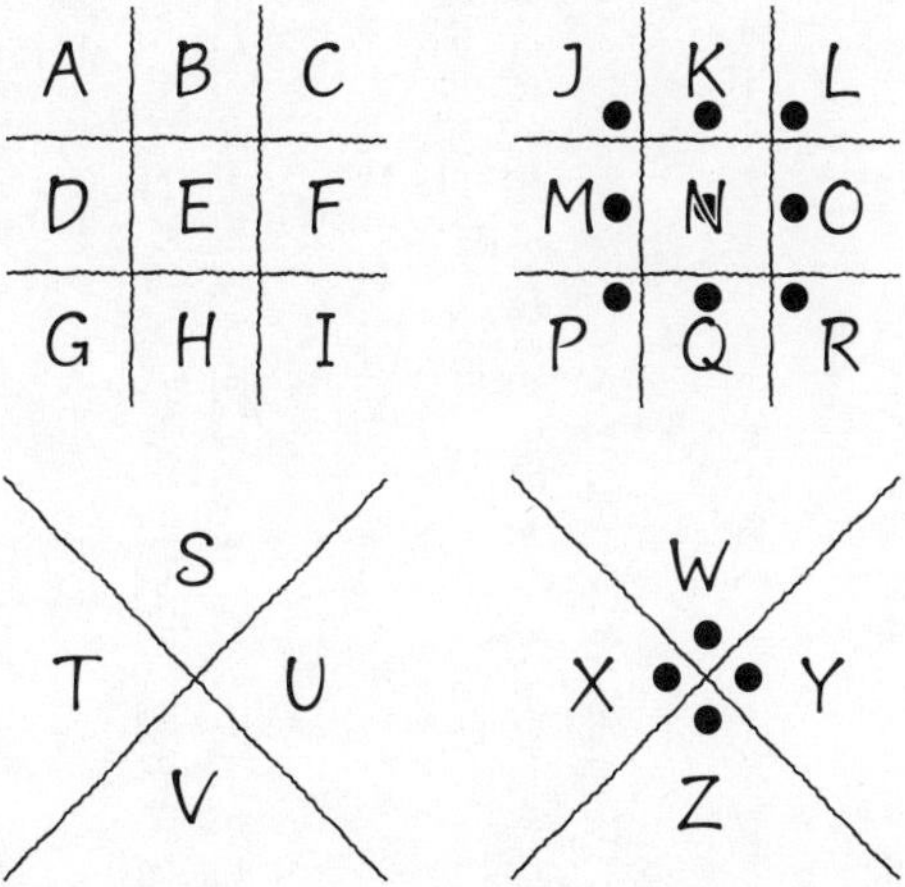

A B C
D E F
G H I
J K L
M N O
P Q R
S T U V
W X Y Z

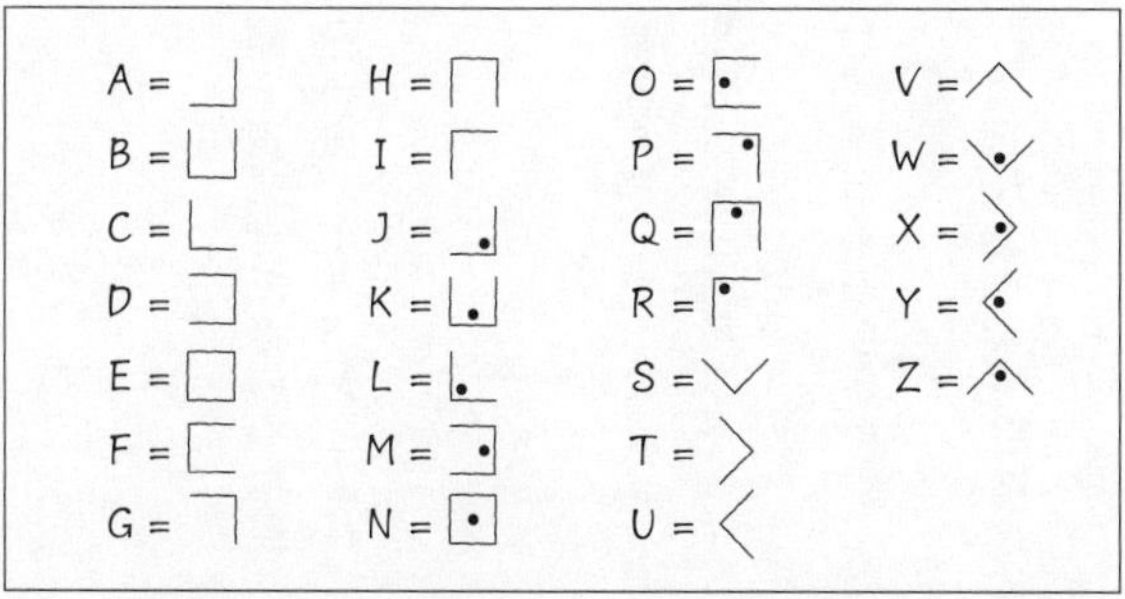

A =
B =
C =
D =
E =
F =
G =
H =
I =
J =
K =
L =
M =
N =
O =
P =
Q =
R =
S =
T =
U =
V =
W =
X =
Y =
Z =

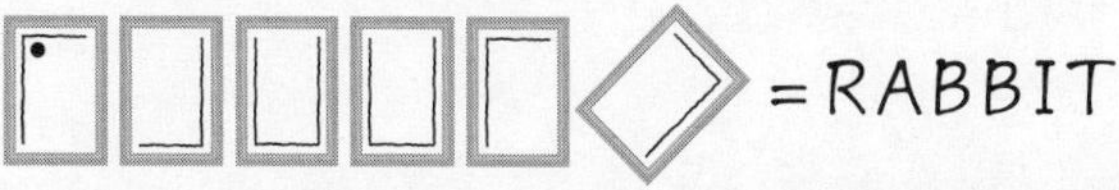

=RABBIT

らしいうさぎの絵が揺れている。

「やっぱりあったじゃん！」

「行ってみよう！」

「おう――って！」

飛び出して行こうとしていた瞬間、剛が苦痛に顔を歪ませてその場に座り込んだ。どうしたのかと視線を向けると、彼の右手からは赤い血がポタポタと流れている。

「いったぁ……」

「え、大丈夫⁉　それどうしたの！」

「釘《くぎ》に引っ掛けた……」

その言葉で先ほど彼がへばりついていた窓枠に視線を移した。よくよく見てみないとわからないが、窓枠から釘の先端が飛び出している。おそらくあそこに、手の指あたりを引っ掛けたのだろう。

光莉はすぐさまポケットからハンカチを取り出し、剛の手のひらを包んだ。

「悪い、光莉」

「気にしないで。ハンカチは洗えばいいだけだから。それよりも、手は大丈夫？　傷はどんな感じ？」

「深くはないと思う。いきなりだったからびっくりしちまったけどな。俺って昔から血が苦手なんだよなー」

「大丈夫ですか？　もしよかったら絆創膏《ばんそうこう》、使いますか？」

目の前にすっと絆創膏が差し出される。差し出してきたのは、蜂須賀だった。

「いいんすか？」と剛。

「えぇ。たくさんあるので、大丈夫です。私、よく怪我をするんですよね」

そう言いながら、蜂須賀は自身の右手を撫でていた。

それを見て、キリヤははっと一瞬息を呑んだ。そして何やら考えこむように口元を押さえ出す。そんな彼の様子に気がついた光莉は、キリヤの側に寄り、声を潜めた。

「どうしたの？　もしかして、キリヤくんも血とか苦手？」

「そういうわけじゃないんですが。……七瀬さん、少しいいですか？」

キリヤは光莉を連れて部屋の隅に行き、彼女にしか聞こえない声を出した。

「蛍原さんは、階段から落ちたんですよね」

「うん、そうだよ。駅の階段から足を滑らせたみたい」

「頭はどの辺を打ちましたか？」

「確か左側頭部だって話だったと思ったけど……」

「左。……そうですか」

「どうしたの？　もしかして何かわかったことでもあるの？」

「わかったことと言うか。少し話しておきたいことがあるんですが、いいですか？」

光莉がその言葉に頷くと、キリヤは彼女の耳に唇を近づけた。そして、今まで思ってもみなかったことを彼は口にする。光莉はキリヤの言葉をすべて聞き終えると、信じられないものを見るような目で彼のことを見つめる。

「……本当に？」

「おそらくは。おかしな点がいくつかあって、ずっと疑問に思っていたんですが、もしこれが真実なら、すべてに説明がつきます。協力してもらえますか？」

キリヤの言葉に光莉はしっかりと頷く。

そうこうしている間に、剛の応急処置は終わり、一同はうさぎ小屋を目指すことになるのだった。

7

敷地の端にあるうさぎ小屋には、当然のごとく、もううさぎはいなかった。それどころか、次の暗号らしきものも存在しなかった。周りに何もない場所なので、次の暗号があればすぐ見つかると思ったのだが、見る限りただのうさぎ小屋がぽつんと建っているだけだ。

「本当にここ何もないぞ？　とりあえず、手分けして次の暗号を探すか？」

「それしかないでしょ。ここまで来たんだし！」

「六人もいるんだから、すぐに見つかるよね」

そう言って手分けして探そうとする、剛と紫と茜。蜂須賀も「私も手伝います」と腕をまくった。そんな彼らにキリヤは声をかけた。

「おそらくですが、ここに暗号はありませんよ」

思いもよらぬその言葉に、四人の足は止まる。

「どういうこと？」

「つまり、ここがゴールということです」

「それじゃぁ、もしかしてここにタイムカプセルが？」

剛の言葉に、先ほどまで飛び出して行こうとしていた三人は、今度は地面の方を見つめた。おそらく埋まっている場所を探そうとしているのだろう。しかし、キリヤはそれにも首を振ってみせた。

「いいえ。暗号のゴールはここですが、タイムカプセルはここにはありません」

「え。それじゃあどこに！」

「その前にはっきりさせておかないといけないことがあります」

キリヤの真剣な声に、剛はオウムのように「はっきり？」と彼の言葉を繰り返した。

キリヤは振り返る。そして、背後にいた蜂須賀に身体の正面を向けた。

「蜂須賀さん。どうして蛍原さんを階段から突き落としたのか、聞いてもいいですか？」

キリヤの言葉に蜂須賀は大きく目を見開いた。その場にいた光莉以外の三人も驚いたような顔で蜂須賀を見る。蜂須賀は本当に何も知らないというような、困惑した顔でキリヤを見つめた。

「わ、私が蛍原さんを突き飛ばした？　どうして、そんなことを言うんですか？」

「それは、貴方の癖、ですよ。貴方は蛍原さんのことを話す時、いつも左頭を撫でるんです。僕たちが話していてもそうです。癖なのかと思っていたら、七瀬さんが過去に右肩を怪我したという話をした時は右肩を、虻川さんが右手のひらを怪我した時は右手を、それぞれ話している時に撫でてるんです」

「それってあれだろ？　映画で人の怪我するシーンとかを見ると、自分も痛くなったような気分になって、さすっちゃうやつ。それの何が問題なんだ？」

「虻川さんが言っているように、さすること自体は問題じゃないんです。あれは、共感の一種で、誰でもしてしまうことですし。ただ、ここで問題になるのは、僕らは蜂須賀さんに『蛍原さんは階段から落ちた』とは言ってますが『左頭を打った』とは言ってないことなんですよ」

ここで一同はざわつくが、意外にも冷静な紫が右手を挙げた。

「でも、階段から落ちたら、頭を打ったって思うのは当たり前なんじゃない？　左頭を撫でていたのは、偶然かもしれないわよ。右か左かの二択なら、適当にやっても片方は当たるわよ」

紫の反論にキリヤは「それもそうですね」と頷いた。そして、茜の方を見た。

「では鈴夏さん、蛍原さんは落ちる際に右手の人差し指を怪我しませんでしたか？」

「あ、はい！　落ちる際にどこかを掴もうとしたのか、骨が折れてしまって……」

初めて聞いた話に「そうなの？」と紫は茜を見た。それと同時に「そんなの初めて聞いたぞ！」と剛も声を上げる。

「だって、そっちのほうは命に関わることはないってお医者さんが言ってたから、皆にあんまり心配かけるのもどうかと思って……」

だから知らせていなかったのだと茜は言う。

「でも、それならどうしてキリヤくんが知ってるの？　私たちも知らなかったことなのに、彼が知ってるのおかしくない？」

紫の訝《いぶか》しげな声にキリヤは視線で蜂須賀の右手を指した。

「蜂須賀さんが蛍原さんのことをしゃべる時、しきりに右手の人差し指も触っていたんですよ。手を揉むような感じでね」

「それじゃぁ、つまり?」

「ええ。蜂須賀さんは蛍原さんが右手の人差し指を怪我していたことを知っていた。つまり、蛍原さんが階段から落ちた現場にいたことは確かです。しかも、それを僕らに黙っていた。もしも駅でたまたま目撃したというだけならば、僕らの最初の話でピンとくるだろうし、それを今まで黙っているのはおかしい。そういったことから、僕は蜂須賀さんが蛍原さんを突き落としたんじゃないかと考えたんです」

キリヤの推理に、蜂須賀は否定も肯定もせずに黙ってしまっている。その沈黙が、キリヤの話に更なる信憑性《しんぴょうせい》を生んでいた。

「でも、なんで蜂須賀さんが？」

「それは十六年前に起こった、少女の行方不明事件に関わっているのではないかと思っています」

どういうことだと、剛と紫と茜の三人は顔を見合わせる。蜂須賀もさすがに黙っていられなくなったのか声を上げた。

「何を言ってるんですか!? なんの証拠があって、そんな！」

「蜂須賀さんが、七瀬さんと虻川さんと蛍原さんの他に反応した話が、あと一つだけあるんですよ」

「それは？」

「行方不明になった花潜さんの話をしている時です。あの時、蜂須賀さんは胸元……いいえ、首周りを押さえていました」

それだけで、三人にはキリヤが何を言いたいのか伝わったようだ。彼らは驚愕に目を見開きながら、蜂須賀から距離をとる。蜂須賀は額に脂汗を浮かばせながら、「私はそんなことはしていない！」と声を上げる。

「ここからは僕の推測なのですが、蜂須賀さん、貴方は十六年前、花潜さんを誘拐するところを蛍原さんに見られていたんじゃないですか？　そして、どういう経緯か知りませんが、最近になり貴方は大人になった蛍原さんと再会し、彼が当時のことを日記に書いていたことを知ったんです。そしてその日記をタイムカプセル内に隠したという事実もね。貴方は彼からタイムカプセルが埋めてある場所を聞き出そうとしたのだが、うまくいかなかった。だから彼の後をつけ、階段から突き飛ばして殺そうとしたんです」

「どうして……」

茜は震える声を出す。その『どうして』は理由を聞いたものではないのかもしれないが、キリヤは自分の中にある推測をかみ砕いて説明をする。

「きっと、蜂須賀さんはタイムカプセルの具体的な場所を知らなくても、学校にあるということぐらいはわかっていたんじゃないですか？　この学校は廃校になっており、常時人間がいるわけではない。時間をかければ隠した本人がいなくてもタイムカプセルなんて見つけだせると踏んだんでしょう。それにもし、自分が見つけ出せなくても、今後誰にも見つからない可能性もある。だからここで殺しておく方がリスクが低いと考えたんでしょう」

「それは……」

全員が息を吞む。蜂須賀の視線は地面に固定されたまま動かない。

「しかし、蛍原さんは蜂須賀さんの目論見《もくろみ》からはずれて一命を取り留めてしまう。更に不幸なことに蛍原さんはタイムカプセルの隠し場所を友人たちに教えており、友人たちが探しに来てしまった。だから、彼らに協力してタイムカプセルを一緒に見つけ出し、先に日記を手に入れて処分するつもりでいたんです。……そうですよね、蜂須賀さん？」

「違う！　デタラメだ、そんなの！　私は――」

「デタラメだというのなら、どうして『市から雇われて、廃校になった小学校の見回りをしている』なんて嘘をついたんですか？」

「う、嘘じゃない！　私は――」

「嘘ですよ。侵入者対策に見回りをするというのはいい案ですが、それならそもそも校舎や体育館に鍵をかければいいだけの話なんです。なのに、校舎や体育館に鍵をかけずに人を雇って見回りをさせているというのは矛盾した考え方です」

キリヤの指摘に剛は「確かに……」と言葉を漏らす。

「これには二つの考え方ができます。その①、この校舎や体育館にはそもそも鍵がかかっていなかった。そして、その上で管理者を雇うこともなくただ放置をしていた。その②、本当は校舎や体育館に鍵はかかっていたが、何者かが侵入して鍵を開けてまわった。可能性としてはどちらもありえますが、先に蛍原さんが入って暗号を仕掛けていたことも考えて、僕は①だったんじゃないかと思います。そして、②の考え方の場合、本当に蜂須賀さんのような管理者がいる場合もありますが、それなら鍵が開け放たれている事に蜂須賀さんはもっと危機感を持った対応をしているはずです。そもそも蜂須賀さんが市から雇われたなんて嘘をついたのは、蛍原さんの残したタイムカプセルを探している最中に僕らが来たからですよね？　協力者として申し出るのに管理者というのは大変都合が良かった」

「違う！　違う！　違う！」

そう言いながらも蜂須賀はじりじりと後ろに下がる。このままでは捕まってしまうと思ったのだろう。目線はチラチラと入り口の方を見ていた。このまま走ったら逃げ切れるかどうかを考えているのかもしれない。

「逃げるのは無理だと思ってください。後ろにいる彼女、警察官ですよ」

そう言ってキリヤは顎をしゃくる。蜂須賀が恐る恐る振り返った先には光莉がいた。

「いつの間に……？」と漏らした蜂須賀にキリヤはこう告げる。

「七瀬さんにはここに来る前に先に僕の考えを知らせておきました。その上で貴方から目を離さないこと、いつでも捕まえられる距離にいてほしいことをお願いしておいたんです」

光莉はいつもの陽気な笑みを収め、ポケットから警察手帳を出した。そして名前の代わりにこう告げる。

「ちなみに百メートル走のタイムは、十一秒台前半です」

「柔道も剣道も黒帯らしいですし、下手に逃げると病院送りにされますよ？」

「さすがにそこまではしないよ。……でも、痛い思いはしてもらうと思います」

二人の脅しともとれるようなやり取りに、蜂須賀は下唇を噛んだまま目を泳がせた。

そんな彼にキリヤは一歩足を踏み出した。

「僕は専門家ではないので詳しいことはわかりませんが、蜂須賀さん、貴方は共感性がすごく高い人間なのではないですか？　それこそ、人の痛みを自分の痛みだと勘違いできるほどの」

「それは……」

「そして貴方にはもう一つ厄介な特徴があった。被虐嗜好《しこう》。マゾヒズム、と呼ばれるやつですよ」

図星なのか、蜂須賀はぐっと押し黙った。キリヤはそんな彼を尻目にこう続ける。

「左頭を撫でているとき、肩を撫でているとき、手を撫でているとき、胸元を押さえているとき。いつも貴方はニヤニヤとしていました。普通、共感した時は、痛みに顔を歪めるはずです。そうじゃなくても、もっと嫌悪感を前面に出した顔をするはず。しかし、貴方にはそれがなかった。それと、先ほど腕まくりをしようとした際にちらりと見たんですが、貴方の腕にはびっしりと斑点模様がありました。あれはタバコを押しつけた痕ですよね？　きっと貴方にとってタバコは自分の腕を傷つけて快楽を得るための道具なんじゃないですか？」

蜂須賀は言い訳を探しているのか「それは」「あの」「だから」を繰り返している。

しかし、反論らしい反論が出てくることはなかった。

「貴方は異様なほどに共感性が高く、その上で被虐嗜好を持っていた。つまり、貴方は誰かを殺したり傷つけることでも性的興奮を得ることができる人間だったんじゃないですか？　それが極まってしまったのが、おそらく十六年前の事件」

「うわあぁぁぁぁあぁ！」

一方的に責められるのに耐え切れなくなったのだろうか、蜂須賀は異様なほどの大きな声を出して懐からナイフを取り出した。もしかしたらそれで脅し、タイムカプセルを手に入れる算段だったのかもしれない。彼はナイフを振り回し周りを威圧すると、その場から走り出した。

「あっ」「逃げちゃう!」

「逃がさないって、いったでしょっ!」

蜂須賀は男性でも線が細く身体も軽い。走るのも速そうだが、それでも光莉には敵《かな》わなかった。光莉は、蜂須賀が逃げた五秒後には彼の襟首を摑み、同時に持っていたナイフを蹴り飛ばした。その二秒後には、うつ伏せに身体を固定し制圧する。光莉は蜂須賀が抵抗できないように腕を捻り上げると、低い声を出した。

「十五時二十六分、銃刀法違反で現行犯逮捕します。余罪もあるようなので、署の方でお聞かせ願えますか?」

8

タイムカプセルは翌週改めて探しに行くこととなった。

キリヤは「面倒くさい」「僕にも用事というものがあるんですよ」とぐだぐだ言っていたが、結局は再びついてきてくれた。ただ文句を言いたかっただけで、きっとついてこないという選択肢はなかったんだろうな、と光莉は思ったが、それは口に出さなかった。それを言ってしまったら彼が完全に臍《へそ》を曲げてしまうと思ったし、彼はどうも人から優しいと思われるということに苦手意識があるようだと思ったからだ。

光莉とキリヤは先週と同じように電車に乗って、東宇津島駅まで向かう。

その道中で、光莉はキリヤにその後の顚末を話していた。

「蜂須賀さん、最初は抵抗していたらしいけど、結局全面的に罪を認めたらしいよ」

決め手は彼の住んでいる家の庭から見つかった七、八歳ぐらいの小さな人骨だ。それが見つかったことにより、もう隠しきれないと悟ったのだろう、彼は素直に罪を認めた。

蜂須賀の証言によると、彼が蛍原を見つけたのはタイムカプセル探しのちょうど一週間前の日曜日のこと。小学校が廃校になったと聞き、彼は懐かしさにたまたま学校近くを散歩していたらしい。その時ちょうど校門を昇り降りする蛍原を見つけたのだという。何をしているのかと話しかけると、蛍原は今見たことは黙っていてほしいと蜂須賀に懇願し、そこでタイムカプセルの話をしたということだった。

「それで、蜂須賀さんは学校にタイムカプセルが隠してあることを知ったんですね」

「うん。日記のこともね。茜ちゃんには内緒にして欲しいんだけどさ、蜂須賀さんが蛍原くんのこと思い出したのは、インセクターマンのキーホルダーがきっかけらしくて……」

今も家の鍵につけられているインセクターマンのキーホルダーを見た瞬間、蜂須賀は彼が花潜を誘拐するときに、自分を目撃した少年だと気がついたらしいのだ。

「蜂須賀さんはそう思い込んでいたけど。私、蛍原くんは誘拐を目撃してないと思うんだ」

「まぁ、見ていたら警察にそのことを話すでしょうしね。蜂須賀さんは自分が悪いことをしているという自覚があった。だからその分敏感になって、たまたま自分たちの方を見ていた蛍原さんのことを目撃者だと勘違いした……というのが妥当なところでしょう」

「うん。私もそう思う」

そこまで話して、光莉は息を吐き出した。

「その後は大体キリヤくんの予想通りだったよ。なんとかタイムカプセルの隠し場所を聞き出そうとしたけれどうまくいかなくて、最終的に駅までついていって殺そうとした。最初はホームに落とすつもりだったんだけど、見られる可能性が高いからって階段からにしたらしい」

ちなみに、蜂須賀がふみっこちゃんやうみっこちゃんといった女児向けのキャラクターに詳しかった理由は、花潜を誘拐するために勉強していたかららしい。

光莉とキリヤは隣に座ったまま電車に揺られる。ラッシュ時ではないので、電車の中にはまばらにしか人はいない。

「なんかさ、花ちゃんが見つかったっていうのに、気分が晴れないんだよね」

「そうですか」

「正直さ、生きているとは思ってなかったんだけど、最悪の事態は想定してたんだけど、ああいうの見るとダメだね。握っていた手とか抱きついていた身体とかが全部白い骨だけになって、まるで知らない人みたいに見えちゃってさ」

光莉は前かがみになって、膝に置いてあるカバンをぎゅっと抱きしめる。

「ちゃんと、生きてるときに見つけてあげたかったなぁ」

弱々しくそう言いながらも、光莉は涙を流さなかった。キリヤはそんな彼女に視線を一度落とした後、口を開く。

「花潜さんは、きっと喜んでいたと思いますよ。そうでなくても、彼女の両親は彼女が帰ってきて嬉しかったと思います。……どんな姿になっていても」

「そうだと良いなぁ」

「きっと、そうですよ」

光莉は「うん」と一つ頷いたあと、身体を起こした。そして、車両の背もたれに身体を預けると、そのままの姿勢でキリヤを見る。

「ありがと」

口角を上げながらそうお礼を言うと、キリヤはさほど興味がないような口調で「どういたしまして」と答えたのだった。

「それで、結局タイムカプセルはどこにあるんだよ?」

待ち合わせしていた小学校で、剛は光莉とキリヤに会うなりそう聞いてきた。その後ろでは茜と紫が「ちょっと、剛」「いきなりすぎない?」と彼のことを止めている。

今回タイムカプセルを探すにあたって、市に許可を得てきた。前回は重大事件の犯人を捕まえたということと、蜂須賀に騙《だま》されていたということで、お目こぼしをもらったが、あれはどこからどう見てもちゃんとした不法侵入だったので、今度はきちんとした手続きを踏んだのだ。

小学校の前には、前回タイムカプセルを探したメンバーしかいなかった。まだ蛍原の意識は戻っていないのだ。医者からは「このまま目覚めない可能性もあります」とも言われているらしい。

光莉は借りてきた鍵で校門前の南京錠《なんきんじょう》を開ける。今まではかんぬきぐらいしか鍵らしい鍵はつけていなかったのだが、前回の事もあり、新たに南京錠を導入したそうだ。と言っても、校門の高さは大人が本気を出してしまえば越えられる程度の高さなので意味があるのか定かではないが。

五人は蜂須賀を捕まえたうさぎ小屋のところまで来た。そして、光莉は今回のためにわざわざ持ってきたタブレットを取り出す。その画面には最初の暗号を解いたときの写真が映し出されている。水に濡《ぬ》れた画用紙の写真だ。

「タイムカプセルを探す最大のヒントは、この最初の暗号にありました」

「これってうちにも届いたやつだよな？」

「水をかけたらこの学校の地図と星印が浮かび上がってくるやつでしょ？」

キリヤの言葉に剛と紫はそう反応する。

「僕は疑問だったんですよ。どうして『体育館』とだけ書いておけばいい暗号に、地図が描いてあったのか。でもそれはこのためだったんです」

キリヤは光莉が撮った写真を拡大しながら続ける。

「自分たちが今まで探したのは『体育館』『六年生のときの教室』『音楽室』『うさぎ小屋』の四カ所。その四カ所にはそれぞれマークがあった。体育館は☆、教室は△、音楽室は☆、うさぎ小屋は△。これらを線で結ぶと……」

キリヤはそう言いながら専用のペンで、写真に赤の書き込みをした。☆と☆、△と△をそれぞれ結んでいくと、一カ所だけ交わる点が現れる。そこにはこの学校で一番大きな木があった。

「これって、あの木じゃん！　お化けの木！」

剛が木を指さし、一番に走り出す。紫と茜もそれについていった。

光莉とキリヤは、歩いて三人についていく。

確かにそこには、『お化けの木』と言っても差し支えないぐらいの大きな木があった。それは、学校が建設される前から生えていたもので、この学校のシンボルだった。光莉たちが学校に通っていた当時は『悪いことをしたら、お化けの木から大きなお化けが出てきて連れて行かれる』という神様的な存在にもなっていたという。

「それじゃぁ、この木の下を掘ればいいの？」

茜はそう言いつつ、大きな木の幹から視線を落として、その下の土を見た。

キリヤは緩く首を振る。

「違います。よく考えてみてください。六年生の教室と音楽室は二階にあるじゃないですか。そして、体育館でハチマキが結ばれていた場所は二階の手すり。そして最後の『RABBIT』はうさぎ小屋ではなくうさぎ小屋の隣にあるうさぎのマークをした看板を指しているのだとしたら？」

「下じゃなくて、上？」

「あ。もしかして、あの巣箱って……！」

茜が指す先には、木で出来た少し大きな鳥の巣箱があった。しかし、鳥が入れるような穴はなく、ただ家のような形の箱がその場に置かれているだけという格好になっている。

「そうですね。おそらくあれが蛍原さんの残したタイムカプセルです」

それを見上げながら剛が「あいつなぁ……」と呆れたようにため息をついた。

「まさか入れ物まで変えてるとか、手をかけすぎだろ」

「その分、驚かせたかったのかもしれないけどね」

紫も呆れたような声を出す。

「だとしてもこれどうするんだよ。誰が取りに行く？　誰かが木に登らないとあんなもの取れないぞ」

「私が取ってくるよ！」

ぴんと手を上げたのは光莉だった。光莉は「キリヤくん、ちょっとカバン持っていてもらえる？」とキリヤに肩にかけていたカバンを預けると、木に足をかけた。そのまま上までスルスルと登っていく。そしてすぐに巣箱のところまでたどり着いた。

「あいつ、昔から運動神経だけはよかったもんなぁ……」

呆れたような声を出すのはやっぱり剛だ。紫も茜も同意するように頷いている。

「はい、お待たせ！」

そう言いながら光莉が帰ってきたのは、それからすぐのことだった。「私が取ってくるよ！」と飛び出してから十分もかかっていない。

光莉が差し出してきた鳥の巣箱は上の屋根が外せるようになっていた。地面に箱を置いて、四人はゆっくりと屋根を外す。最初に目に飛び込んできたのは、『おめでとう！』という蛍原からのメッセージカードだった。その奥には、それぞれが十年以上前に入れた品が眠っている。

「あったあった！　ふみっこちゃんシール！　わ。私、うみっこちゃんシールも入れてたんだ！」

「写真も入ってるぞ！　これ、運動会の時のじゃん！　懐かしいなぁ」

「光莉は手紙あった？　みせてよー！」

「ダ、ダメ！　恥ずかしいから！」

光莉が手紙を抱きかかえると、それを取ろうと紫が彼女を抱きしめてくる。そんな中、一人だけ呆然としている人間がいた。茜だ。彼女は何かを手に持ったまま小さく震えていた。

「どったの、茜？」と紫。「茜ちゃん、なんか変な物でも入ってた？」と光莉も彼女のことを覗き込み、「どうしたんだ？」と剛も心配そうな声を出した。

「みんな、どうしよう」

そう震える声を出す茜の手には小さな箱があった。正方形で少し背が高く、生地は紺のベルベット。それはどこからどう見ても指輪の箱で、箱には『茜へ』という小さなメッセージカードも貼り付いている。

「それって……！」

予感のままに期待を含んだ声を出したのは、紫だった。茜は震える手でその小さな箱を開ける。すると予想通りに箱の中にはダイヤモンドがはめ込まれた指輪が入っていた。その箱の上部には『Marry me!』とペンで書いてある。

「蛍原くん、ここで茜ちゃんにプロポーズする気だったんだ……」

「なるほどね。翔平らしいじゃん！」

「ったく、そういうつもりだったなら言っておけって、なぁ？」

茜は「うん」と涙声で頷いた後、ぎゅっと指輪の入った箱を抱きしめる。

「んじゃ、早く翔平に持っていってあげよ！　きっとびっくりするわよー」

「ってか、『俺のプロポーズ計画、返せ！』って騒ぎそうじゃないか？」

「確かに。蛍原くんならそう言いそう」

「ふふっ」

四人がそうやって笑いあっていると、茜のカバンから軽快な電子音が聞こえてきた。

それは電話の着信音で、茜はかけてきた人物を見た後、慌てて電話を取る。彼女は電話を耳につけたまま立ち上がり、「はい。はい。え！　本当ですか!?　はい。今すぐ行きます！」と何やら電話口の人物と会話をする。そしてしばらく話した後、電話を切って、こちらに向かって満面の笑みを見せた。

「蛍原くん、目を覚ましたって！」

今までにない明るい茜の声に、紫は彼女の背中を叩いた。

「ほら、行ってきなさい！　タクシー、すぐ捕まえて！　私たちも後から行くから」

「うん！」

そう言って、茜は走ってその場を後にした。

一同が解散となったのは、それから二十分ほど経った後の話だった。タイムカプセルを回収して、軽く雑談をして、校門の鍵を閉め直してから帰る。最初は、みんなで蛍原のところに行こうという話もあったのだが、彼は目覚めたばかりだし、今は二人きりにさせておこうという話になった。タイムカプセルは剛が預かることにして、光莉は鍵の方を預かった。このまま近くの役所に行って鍵を返してから帰宅する予定だ。役所は小学校から徒歩十分の距離にあり、キリヤと光莉はのんびりとその道を歩いていた。

「今回は本当にありがとね」

「別に。僕は報酬がもらえればそれで問題ありませんから」

「報酬ね。報酬。来週でいい？　もちろん、予約が取れたらだけど！」

「僕は構いませんよ」

キリヤへの報酬は喫茶ヌーヴェル・マリエのパフェだ。限定商品であるそれを光莉は奢ることになっていた。光莉はスマホを取り出す。

「それなら今のうちに予約取っちゃおうか」

「今のうちに予約って、大丈夫なんですか。事件とか」

「事件が起きたら起きたときだよ！　それに未来に楽しみがあった方が、一週間、楽しいしさ！」

そう言いながら、光莉がヌーヴェル・マリエに電話をかけようとした時だ。まさに通話ボタンを押そうとした時、一宮から電話がかかってくる。勢いのまま通話ボタンを押してしまった光莉は、「あ、はい！　七瀬です！」と声を上ずらせた。

『おう。なんか出るの早かったな！』

「ちょうどスマホいじってまして……」

『そうかって、そんなことはどうでもいい！　そこにキリヤいるか？』

「いますよ」

光莉が目で合図すると、キリヤはスマホを受け取って、スピーカーをオンにした。

「九條です」

『おぉ、キリヤ、ちょうどよかった。繋がらなかったからどうしたのかと思ったわ』

「どうかしたんですか？」

『それがな……』

一宮の声が少し重たくなる。何か言い淀んでいるかのような雰囲気に、光莉は耳をそばだてた。やがて、一宮は何かを決心したように口を開く。

『キリヤ、落ち着いて聞けよ。二階堂からはまだ言うなって止められてるんだが』

「……なんですか？」

『妹さんと似たような殺され方をした遺体が見つかった。捜査資料のコピーを七瀬に持たせるから、受け取ってくれ』

キリヤはその言葉にしばらく固まった後、「はい」と深く頷くのだった。

第四話　約束の小指

1

『お兄ちゃん、明日は絶対早く帰ってきてよ？　約束だからね？』

いつもそんなことを言わないヒナタが、どうしてそんなことを言ったのか。きっと僕はもう少し真剣に考えなければならなかった。

『はいはい。わかった、わかった』

『暗くなってから帰ってきたら承知しないんだから！』

『こら、ヒナタ！　キリヤを困らせないの！』

『お兄ちゃん子だなぁ。ヒナタは』

怒っているヒナタの奥で、母が困った顔で彼女を窘《たしな》め、父が穏やかに笑っていた。

食卓には焼いた魚と小鉢がいくつか置いてあり、ヒナタの大好きな肉じゃががほわほわと出来立ての気配を漂わせている。食卓に降り注ぐオレンジ色の灯《あか》り。思い返せば、あれがきっとうちの家族の象徴だった。

『約束しよ。ほら、指切り』『はいはい』

ヒナタがこちらに小指を差し出す。その細い指に、僕は自分の小指を絡ませた。すると、鈴が転がるような可愛らしい声でヒナタが歌う。

『ゆーびきりげんまんっ。うそついたら、はりせんぼんのーますっ』

『ゆびきった』

指が離れると同時に、僕は夢から目覚めた。伏せっていたテーブルから上半身を起こすと、捜査資料のコピーが一瞬だけ頬に張り付いて、すぐに重力を取り戻しハラハラと床に落ちる。重ねられ、まるで床から生えているかのようになっている本のタワー。僕は机の上に広げてあった本を閉じて、そのタワーを更に高くした。そしてまた新たな本を開く。

この家を壊したのは、自分だ。あの日、ちゃんと早く家に帰ってきていれば、きっとヒナタは死ななかったし、家族だってバラバラにならなかった。食卓の灯りが消えることもなかった。

もしかすると、ヒナタは何か危険を察知していたのではないのだろうか。殺されるとまではいかないまでも、何かを怖がっていたのではないのだろうか。だからあの日、僕に早く帰ってきてほしいと願ったんじゃないのだろうか。

約束をはたせなかった僕の小指がわずかに震える。約束はもう守れないけれど、せめて彼女の最期の言葉だけは、ちゃんと受け取らないといけないんだ。

2

「それで、キリヤの様子はどうだ？」

自分のデスクに戻ると、一宮が椅子の背もたれに思いっきり体重をかけながら、そう聞いてくる。光莉はその問いに一瞬どう答えるか迷った後、見たまま、聞いたままを答えた。

「大学の方にはやっぱり行ってないみたいです」

「そうか」

「必要最低限の講義には出ているみたいなので、その時間に合わせれば会えないこともないと思うんですが……」

『もう一度、妹の暗号を考え直してみる』

そう言って、キリヤが家に籠もったのは、タイムカプセルを見つけたその日のうちだった。数時間前まで、来週は一緒にパフェを食べよう、なんて約束をしていたのに、そんな約束などもうとうに忘れてしまったような暗い顔をして、彼は家に入り、出てこなくなってしまった。さすがに捜査資料を持っていった時は顔が見られたのだが「ありがとうございます」と頭を下げられただけで会話らしい会話もしなかった。以降、顔も見ていないし声も聞いていない。メッセージアプリも一応既読にはなるのだが、光莉の『大丈夫？』『疲れてない？』というメッセージに返信はなかった。

「追加の捜査資料などはほしいと言われているのでその都度持っていっているんですが、チャイムを押しても出てきてくれないのでポストに投函《とうかん》している状態です」

「そうか」

「キリヤくん、ちゃんと食べてるんですかね……」

顔を見せないのはいい。声が聞けないのも問題ない。メッセージなんて返さなくてもいい。ただちゃんと、食べていて欲しいし、寝ていて欲しい。光莉が望むのはそのぐらいだ。

光莉の脳裏に別れる間際のキリヤの様子が浮かんだ。普段表情をほとんど変えない彼が、鬼気迫る雰囲気を纏わせて眉間にしわを寄せている様は、思わず息を詰めてしまうほど衝撃的だった。だからこそ思う、今の彼は普通ではないのだと。それこそ食べることも寝ることも全部後回しにして、捜査資料とにらめっこしているのではないかと心配になってしまう。

「今回の事件、もしも解決できないときは、キリヤをあの家から引き離したほうがいいかもしれないな」

一宮の思わぬ言葉に、光莉は「どうしてですか⁉」と声を大きくした。一宮はじっと天井を見つめたあと、視線だけをこちらに向けてくる。

「七瀬はキリヤの家に行ったことあるか？」

「家の前までなら。あ！　玄関までは入りましたよ」

「……じゃぁ、知らないんだな」

「なにをですか？」

「アイツ。あの大きな家で、二階の部屋しか使ってないんだよ。ま、もちろん風呂とかトイレとかは使っているがな。……一階にあるリビングとその隣にある妹の部屋には、事件以来ほとんど足を踏み入れてない」

一宮の言っている言葉がどうにも呑み込めなくて、光莉は「どういうことですか？」と眉をひそめた。そんな彼女の疑問に対する答えは、とても簡潔なものだった。

「現場保存だよ」

「え？」

「キリヤは妹さんが遺した暗号を解読するためだけに、当時のまま、現場をずっと残している。さすがに血の跡とかはもう残ってないだろうがな。一度見せてもらったからわかるが、あれは異様だぞ。当時、机に置いてあった皿やコップなんかも、そのまま再現してあるんだ。ペン一本、リモコンの位置に至るまで当時のまま。あれは怖いぞ。まるであそこだけ時間が止まっちまってるみたいだった」

一宮の口調は淡々としているが、いつも陽気な彼がそんな淡々とした口調になってしまうというところに、彼の言いたいことのすべてが詰まっているような気がした。

「あの家は、キリヤにとって呪いだよ。あれがあるから、アイツはあそこから一歩も動けないし、動こうともしない。……今度こそ離してやんねぇとな」

そんな彼の言葉を聞きながら、光莉はキリヤの家のことを思い出していた。

どこにでもあるけれど、どこにもない、よく手入れされた一軒家。入り口には落ち葉の一つも落ちていなくて、家の周りだってとても綺麗に保たれていた。隣にある駐車場だって、車はもう無かったけれど、空いたスペースが雑然としているということはなかったし、いつだって車が戻って来られそうな雰囲気を漂わせていた。玄関だって、下駄箱の上にはほとんど埃は積もっていなかったし、その上にある写真立てのガラスだってよく磨かれていた。靴だって彼が普段履く分しか出ていない。

見ていればわかる、キリヤはあの家をとても大切に扱っている。家族と住んでいた家を、もう彼しか帰ってこないかもしれない家を、彼はすごく大事に保っている。その家が、本当に彼のことを呪っているのだろうか。彼にとってあの家は、妹が殺された現場である以上に、家族と過ごした大切な場所なのではないだろうか。もしくはその想い自体が、呪いなのだろうか。

少なくとも、家族のことを話していたキリヤは、光莉の目にはとても幸せそうに映っていた。

光莉は先ほど机に置いたばかりのカバンをもう一度肩にかけた。そして「私、出かけてきます！」と一宮に声をかける。書類仕事をしていた一宮がその声に顔をあげた。

「キリヤの家にいくのか？」

「違います！」

光莉は扉に手をかける。

(今私ができるのは、きっと動けないキリヤくんのための脚になることだろうから)

「捜査、行ってきます！」

その宣言に一宮は嬉しそうに笑って、「おう！　頑張ってこいよ」と片手をあげた。

3

今回殺されたのは、棟方亜由美《むなかたあゆみ》という、暴露系ユーチューバーだった。死因はナイフで胸を刺されたことによる失血死。亡くなっていた現場は自宅だったという。自宅に帰ってきた直後を狙われたらしく、彼女は玄関からヒールのかかとを外にはみ出させるような形で倒れていたそうだ。第一発見者は隣に住む男性。最初はただ倒れているだけだと思って声をかけたらしいのだが、扉を開けたところ死んでいる彼女を発見、警察に通報したという。

元テレビ女優である棟方は自分の持っているツテやコネ、人脈を使い情報を集め、色々な人を暴露していた。彼女がターゲットにする人間は、大御所俳優から歌舞伎役者まで幅広く、暴露する内容も女性関係から薬物まで様々だった。彼女のせいで芸能界を追われた人も多く、つい先日は彼女に殺人予告を送った元テレビタレントが警察に捕まっていた。

そういったことから、今回の犯人は彼女が取り上げるような芸能人だと思われていた。彼女に仕事を奪われた人、もしくはゴシップを握られて脅されていた人。あるいはその関係者。

彼女のパソコンには今後ターゲットにするだろう芸能人のリストやネタが、これでもかと詰め込まれており、警察はそこから犯人を割り出すつもりでいた。

しかしながら、彼女の死には二つの大きな疑問があった。

一つは、彼女の右手の小指が切り落とされていたこと。生活反応があったのできっと生きている間に切り落とされたのだろう。

もう一つは、彼女が残したダイイングメッセージだ。彼女は自身が持っていた書類の裏に『イロ』というメッセージを残していた。そしてこの二つの大きな疑問が、キリヤの妹の事件と合致したのである。

(でも、ユーチューバーと、キリヤくんの妹に何か接点なんてあるのかな……)

光莉は歩きながら、そう考えを巡らせる。

現役ではなかったとはいえ、相手は元女優だ。そう接点があるようには思えない。二人の共通点といえば女性ということぐらいだが、そこまで共通点を広げて良いものなのかどうかもわからない。

(帰ったら、ヒナタちゃんの事件もちゃんと洗い直した方がいいかもしれないな)

ヒナタの事件に関する捜査資料は一宮だって持っているだろうし、調べ直したら思わぬ共通点が出てくるかもしれない。もしかしたら新しい発見だって――

「ま、それは帰ってからやるとして。今はこっちを片付けないとね！」

そう雄々しく宣う光莉の目の前には、白いマンションがあった。そこは殺された棟方亜由美が住んでいたマンションであり、事件現場だった。

そう、光莉は現場を見にきたのだ。事件が起こったのは先週の話で、現場である被害者の部屋はもう一課が調べた後だ。なので、部屋の中に残っているのは捜査に必要ないとされたものたちだけだが、それでもかまわないということで許可を取ってここまでやってきたのである。

登録者二百万人のユーチューバーと聞いていたので、結構派手な暮らしをしているのだろうと思っていたのだが、実際はそういうわけでもなく、彼女が住んでいたのはどこにでもある普通のマンションだった。

光莉は建物の中に入り、管理会社から聞いていた暗証番号と鍵でロビーを抜ける。彼女の部屋に行くまでの間で監視カメラを探してみたが、どうやらそれらはついていないようだった。

光莉は棟方亜由美の部屋の扉を開ける。中は2DKの、一人暮らしにしては少し広い感じの部屋だった。二つある部屋のうち一つは配信部屋にしていたらしく、六畳の部屋には大きな黒い机とゲーミングチェアが置いてある。本当は机の中心にパソコンがあったのだろうが、それはもう回収されていた。もう一つの部屋の方は、どこにでもある女性の部屋といった感じだ。薄ピンク色のシーツがかかったベッドとローテーブル。テレビは一人暮らし用の小さいものが置いてあった。

「めぼしいものは、何もなさそうね……」

最初に手をつけたのは、彼女が普段生活していた方の部屋だ。となりの配信部屋の方は、一課が重点的に調べているため、先にこちらを調べることにしたのだ。

光莉は小さな本棚から探る。本の間に何か重要な手がかりが挟まれているかもしれないと考えたからだ。次に調べたのは、テレビ周り。この部屋では一番物が多い場所だ。棟方自身が出ていたテレビドラマのブルーレイBOXは三つほど。その他にも彼女が出演していたドラマのディスクがたくさん並んでいる。そばにはゲーム機なんかも置いてあったが、ここにもめぼしい物はなにもなかった。最後に調べたのはベッド周りだ。といってもこちらは掛け布団をひっくり返してみたりシーツの中に何かを隠していないか調べるぐらいしかできなかった。

「あぁ、もう。なにも見つからない！」

散々調べて、気がつけば一時間以上が経っていた。諦めかけたその時、前々から取れかけていたスーツの前ボタンが、ぽろっ、と外れた。そしてそのままベッドの下に転がり入っていく。

「あぁ、ちょっと！」

光莉は慌てて床に這いつくばった。そしてベッドの下を覗き見る。ベッドの下には埃まみれになった黒いボタンが一つ輝いていた。

「あぁもう、最悪!」

埃がついたら目立つからと、光莉はスーツの上を脱ぐ。そして腕まくりをした後、ボタンに手を伸ばした、その時だ。

「へ? これって……」

ベッドの下はもちろん調べていた。だけど、マットレスとそれを支えるベッドの金網との間まではきちんと調べていなかった。光莉はもっとよく見ようとベッドの隙間に頭をねじ込ませる。そして見つけたのだ。

「あ、スケジュール帳!」

新たな証拠かもしれない、一冊のノートを。

4

どうしても出なくてはならなかった午前中の講義を終えて、キリヤはようやく自宅に帰ってきた。正直時間がもったいないので講義なんかに行きたくなかったが、もし留年なんてことになった場合、海外に住む父親がこれ幸いにと自分を呼び寄せる可能性があったので、渋々だが出るしかなかったのだ。

キリヤの父親は彼がこの家に住み続ける事をよしとはしておらず、会うたびに「もう一度一緒に暮らそう」と言ってくれる。その提案を魅力的に感じる自分がいる一方、キリヤはやっぱりこの家を離れられないでいた。その理由はもちろん、妹の、ヒナタの、最期の言葉を聞くためだ。

誰に殺されたのか。誰のことを恨んでいるのか。誰に復讐《ふくしゅう》をして欲しいのか。自分はそれを聞かなくてはならない。キリヤはそう思っていた。

（そして、出来れば僕自身が――）

復讐出来ればいいと、考えていた。

妹を殺したのと同じ方法で、同じように小指を切り取って。

自宅の門を抜けて、玄関に立つ。そして鍵を開けようとしたところで、ドアノブに掛けてある保冷袋に気がついた。ファスナーを開けて中を見ると、これでもかというぐらいに詰め込まれている保冷剤に埋もれるようにして、スポーツドリンクが二本とラップにつつまれたおにぎりが二つ入っていた。おにぎりは手作りのようで、ひとつが大ぶりのりんごぐらいの大きさがある。

保冷袋にはメモが貼り付けられている。

『コンビニのご飯ばかりだと飽きると思って作ってみたよ！　よかったら食べてね！

保冷剤たくさん入れたから傷んでないと思うけど、もし傷んでたら食べないでね！』

「どっちだよ」

『PS　ちなみに大きい方がシャケで、小さい方に昆布が入っています！』

「大きい……方？」

キリヤはおにぎりを二つとも取り出す。大きさはほとんど変わらなかった。ただ片方が少し重いような気がするので、きっとこっちが彼女のいう大きい方なのだろうということだけは確認できた。

「というか、自分の名前忘れてるし……」

光莉なのだろうな、ということは名前が書いていなくてもすぐにわかった。こんなことをする人間は、キリヤの周りにはあまりいない。いて、一宮ぐらいだろうか。

『少しは休んでね！』

メモの裏にはそんな書き込みもあった。追伸の追伸に、キリヤは口元を緩める。

正直、忙しいのによくやるな、と思う。捜査一課ではないのだろうが、それでも彼女はやっぱり刑事だ。忙しいに決まっている。自分の食事が取れないなんて嘆きもよく聞く職業なのに、人の心配までしている余裕なんて本当はないのではなかろうか。

そんな忙しい中、自分のことを考えて何かをしてくれようとするその優しさに胸が温かくなる。

（だけど――）

誰にも会いたくない。誰も自分に構わないでほしい。

それが今の、キリヤの正直な気持ちだった。

玄関を開けて家に入る。

「ただいま」

返ってくる言葉はない。

知っている。習慣だ。

鍵を閉めた後、玄関で靴を脱いで、廊下を進む。右手にはリビングがあって、入り口にはビニール紐がまるで部屋を封鎖するように張られている。それを見ながら二階に上がって、自分の部屋にたどり着く。机の隣に置いている小さな冷蔵庫に、光莉からもらったおにぎりを転がして、サイドポケットにドリンクを入れる。そのまま机についた。しかし、昨日の疲れもあってかなかなか作業を始めることができず、キリヤは再《また》び立ち上がると、部屋を出て階段を下りた。そして久々にリビングのビニール紐を跨いだ。

リビングに入ると、三年前に見た光景がそのまま目の前に広がっている。食卓に置かれた皿の位置も、コップの位置も、机の位置も、犯人が蹴ったのか、ヒナタがつまずいたのかはわからないが、ローテーブルの下に敷かれている丸いラグの端が折れているのも、そのままだ。違いといえば、足元に妹が倒れていないことぐらいだろうか。

あの日と同じようにリビングの掃き出し窓を開け放って、ヒナタが倒れていたところに同じ格好で寝そべってみる。そして彼女が最期に見た光景を想像した。窓の方に顔が向いていたのは、逃げていく犯人を睨んでいたからだろうか。それとも、外に向かって『助けて』と叫んでいたのだろうか。

カーテンがふわりと舞った。白いレースのカーテンだ。顔をわずかに撫でるそれに、彼女の最期の感触を知ったような気がした。

5

「収穫があったんだって？」

棟方の自宅から帰ってくるなり、一宮にそう声をかけられた。彼は庁内の休憩スペースでちょうど缶コーヒーを飲んでいるところだった。光莉は先ほど部屋で見つけた一冊のノートをカバンから取り出す。もちろん何かの証拠になるかもしれない物なので、ビニール袋に入れていた。

一宮は光莉が取り出したノートを見るなり「これは？」と首を捻った。

「スケジュール帳です。被害者はネット上のスケジュールアプリとは別に、こっちもつけていたみたいです」

光莉は白い手袋をつけ、ビニール袋からスケジュール帳を取り出した。そして、一宮に広げてみせる。それは何の変哲もないただのスケジュール帳に見えた。マンスリータイプのもので、大きさもA5サイズということでさほど大きくない。

「それにはなんて?」

「プライベート用だったみたいで、美容室とかネイルサロンとかエステとかの予定が書いてありました。あとは、食事をする店の名前とか、花屋の名前とか。友人とかの名前は書いてなくて、ただひたすらにお店の予定を記していたみたいです」

「へぇ」

「ただ、このスケジュール帳、隠されていたんですよ。美容室に行く予定とかを普通隠したりしますかね?」

「さぁなぁ」

一宮は光莉に向かって手を差し出す。そこに光莉が予備で持っている白い手袋を置くと、彼はそれをつけて「ちいせえな」とぼやいた。

「文句を言うなら自分で用意してくださいよ」「へいへい」

一宮は光莉が差し出すノートを手に取った。そしてパラパラとめくり始める。

「そういえば、被害者が芸能界を引退したきっかけは？」

「薬物らしいです。確か大麻だったかと。友達だった女優に裏切られて、ゴシップ誌に情報を流されたみたいです。そこから警察にも目をつけられて……。初めてだったということもあって執行猶予付きの有罪判決が下っています」

「その線は？」

「捜査一課が追っているみたいなので、私たちには出番はないかと」

一宮は「だろうなぁ」と笑った後、ノートに顔を近づけ、すん、と鼻をひくつかせた。そして「まぁ、もう部屋ではやってないみたいだな」と感想を漏らす。

「ちなみに、その情報を流した女優は、棟方さんが暴露系ユーチューバーになったその年に、彼女の暴露によって芸能界から引退することになりました」

「復讐は成ったたってことか。……ってか、女ってのは大変だな。月に何回も美容室やら、ネイルサロンやらに通って」

そう言いながら、一宮は棟方の九月のスケジュールをまじまじと見つめる。

「まぁ、元女優さんですしね。その辺りは特に気になるんじゃないですか？」

「にしても、多くねぇか？　この月なんて四回も美容室に行ってるぞ？」

「それは確かに、多いですね」

光莉もスケジュール帳を覗き込む。ちなみに八月は、美容室に三回、ネイルサロンに至っては、週一で通っていた。

「本当にこれ、美容室だったのかね」

「と言うと？」

「会っているところを知られたくない人物と会うから、自分にだけわかる隠語として『美容室』って使ってたんじゃねぇか？　あと、『ネイルサロン』と『エステ』も。この三つだけ異様に回数が多いんだよ。おそらく残りはブラフだな」

光莉は口元に手を当てながら、考えを巡らせる。

「暴露系ユーチューバーが、連絡を取っていることを隠さないといけない人物」

「それって……」

「情報提供者！」「情報提供者！」

二人の声が重なった。光莉は一宮の手からスケジュール帳を取り上げると、もう一度ビニール袋に入れる。

「一宮さん！　被害者のスマホに美容室の電話番号とかありましたよね？　私、一課にお願いして、スマホのデータ見せてもらってきます」

「おう！」

光莉は走り出す。しかし、彼女は一瞬だけ足を止め、振り返った。

「あ、そうだ！　ヒナタちゃんの事件の捜査資料って、私も見られますか？」

「ん？　見られるぞ。どこまで必要だ？」

「全部！　私が帰るまでに全部机の上に用意しといてください！」

「は？　全部ってお前――！」

「よろしくお願いしますね！」

一宮の「マジかよ……」という呟きを背中で聞きつつ、光莉は廊下を走るのだった。

6

『明日、被害者の協力者たちのところに話を聞きに行ってきます』

キリヤのスマホに光莉からそんなメッセージが届いたのは、彼女からおにぎりをもらった翌日のことだった。『大丈夫？』や『体調崩してない？』といった自分の体調を心配するメッセージはこれまでにも散々届いていたが、捜査に関することが届いたのは久々で、ちょっと返事に困ってしまう。

今回の事件に関しても警察から捜査協力の依頼を受けているのだし、本当なら一緒に話を聞きに行って、鍵となる情報を集めた方がいいだろう。しかしキリヤは、しばらく迷った末にメッセージの送信欄に『すみません。よろしくお願いします』と打ち込んだ。

正直、今はあまり机の前から動きたくない。妹の事件のことを考える時間が少しでも欲しい。誰にも邪魔されたくないのだ。

それに、話を聞くだけなら光莉だけでもできるだろう。

そういう甘えのような考えもあった。

(今回は、なんの力にもなれていないな)

スマホに指を滑らせながら、キリヤはそう思う。

刺殺という殺され方に、切り取られた小指。その上、同じダイイングメッセージ。二人が死んだ状況は限りなく似ているが、妹と棟方の共通点が見つからない以上、同じ犯人が起こした事件なのかは、まだ確定ではない。それなら、まずはそこを確定するために妹の事件は脇に置いて、この事件に集中するのが筋だろう。

わかっているのだ。頭では。

ただどうしても、妹の事件をほったらかしにして今回の事件に取り組むことができない自分がいる。だって、このためだけに自分は今まで警察に協力してきたのだ。生きてきたのだ。妹の事件と関連があるかもしれない事件がもう一度起こったとはいえ、妹の事件だけをほっておいて、その事件に集中するなんてことは、今のキリヤにはできなかった。

死ぬ前の妹の写真と、死んだ後の妹の写真が机の上に並んでいる。事切れているのにまるで眠っているかのような優しい表情の妹を見ていると、不意に昔の記憶が頭をかすめた。

『あーもー！　くやしい！　どうしてお兄ちゃん、全部解けちゃうの？』

記憶の中で、十歳ぐらいのヒナタが地団駄を踏む。彼女の手にはたくさんの数字が書かれた白い紙とシャープペンシルが握られていた。

『これ、一生懸命勉強して作ったやつだったのに！』

『ポリュビオス暗号に目をつけたのは良い点だけど、そのまま使ったら簡単に解けるに決まってるだろ。知ってるやつなら誰でも解ける』

『だって、お兄ちゃんが知ってるなんて知らなかったんだもん！』

記憶の中の彼女はまた地団駄を踏む。

そういえば、暗号を作ったり解いたりし始めたきっかけはヒナタだった。古本屋さんでたまたま見つけた暗号の本。小学生向けに書かれているそれに彼女がハマり、付き合わされるようにキリヤも暗号を勉強し始めたのである。

（昔はよく、お互いに問題を出し合っていたな）

最初は昔からよく使われていた暗号の模倣から始まって、最後あたりはオリジナルの暗号なんかも作ったりしていた。二人にとって暗号は遊び道具で、親に知られたくないことを話すためのコミュニケーションツールでもあった。それは彼女が死ぬ直前まで続き、そして死んだ後もダイイングメッセージという形で続いている。

キリヤがヒナタの最期の言葉を自分が聞かなくてはならない、と思っているのは、それが自分に対して残したものだということがはっきりとわかるからだ。あの家族の中で、彼女と暗号で遊んでいたのはキリヤ一人だけだった。

『今度こそ、お兄ちゃんが解けない暗号を思いついた！』

事件前日の晩もヒナタはそう言って笑っていた。記憶の中の彼女の声が、幾重にも重なって聞こえてくる。

『お兄ちゃん、明日は絶対早く帰ってきてよ？　約束だからね？』

『暗くなってから帰ってきたら承知しないんだから！』

『次の暗号、お兄ちゃんには絶対解けないと思うの！　だって――』

何かを思い出しそうになった時、玄関の方でガサガサと音がした。部屋を出て、階段を下りる。玄関を開けると、光莉がいた。彼女はビニール袋の持ち手を両手で握ったまま固まってしまっている。その様子を見るに、きっとまたドアノブに何か差し入れをかけておこうと思ったのだろう。

光莉は暫くキリヤを見つめたあと、ハッとした表情になり、なぜか姿勢を正した。

「えっと、久しぶり！」

「何をしてるんですか？」

思った以上に低い声が出た。別にそれは怒っているからではなく、今日初めて声を出したからなのだが、彼女はどうやらそれを良くない方向にとったらしく、「あ、ごめんね」と視線を下げた。しかし、手に持っていた物が目に入ったのだろう、彼女は申し訳なさそうな顔で笑いながら「迷惑かなって、思ったんだけど……」と少し困ったような顔でビニール袋を差し出してきた。

袋を受け取り、中を見る。また大きなおにぎりが入っているのかと思ったが、キリヤの予想に反して、入っていたのは市販のプラスチックケースに入ったお惣菜《そうざい》だった。

「それ、手作りのお惣菜売ってるお店のやつなんだけど」

「またおにぎりかと思いました」

「あ、いや。あんまり手作りの物とかもいやかなって思って」

光莉はそう言いながら頰を搔く。

「正直、こういう経験が少ないから、どういった物を持っていっていいのかわかんなくてさ。友達に相談してみたんだよね。あ、相談した友達って、紫ちゃんなんだけどさ。覚えてる？」

キリヤが首肯すると、光莉は続ける。

「そしたら、紫ちゃんが『手作りの食べ物って、あんたそれ絶対重い女だと思われて

るよ』って。でも、コンビニの物を持って行っても本末転倒でしょ？　そんなことい
ろいろ考えていたら、家の近くのお惣菜屋さんのこと思い出して……」
何を言っても反応が薄いキリヤに、光莉は「あぁ、ほんとごめんね！　お節介なこ
とばかりしちゃって！」と慌てたように付け加えた。
「おにぎりは捨ててもいいけど、ここのお惣菜は本当に美味しいから、よかったら食
べて！　それでは、お節介焼きはこれで帰ります！」
ぴっと敬礼をして、彼女は踵を返した。
「七瀬さん」
「え。はい？」
帰ろうとした彼女を呼び止めたのはほとんど無意識だった。「なに？」と目を瞬か
せる光莉に、キリヤは言葉を探して、片手に持ったままになっていたスマホに目を留
める。スマホの画面には光莉とのメッセージ欄が映っていた。キリヤの送信欄には未
送信の『すみません。よろしくお願いします』が残っている。
「あの、明日のことなんですが」
「あ、もしかして、一緒に行ける？」
光莉の期待を含んだ声を、キリヤは首を振って否定した。
「すみませんが」

「あ、……そうだよね」

光莉は残念そうに言いながらも、どこかその答えがわかっていたかのような表情を浮かべている。彼女はすぐさま表情を切り替えて「じゃぁ明日は、私一人で頑張ってくるね！」と笑う。

呼び止められ少し会話ができると思ったのか、光莉は悩んだ末、こう話を切り出してきた。

「あのさ、ヒナタちゃんのダイイングメッセージ。なにか進展はあった？」

キリヤは首を振る。言葉は発しなかった。

「えっと。何か手伝えることはあるかな？　といっても、私が出来ることなんてたかがしれてるかもしれないんだけど……」

「何もありませんよ」

「そっか。……でも！　単純なおつかいとか、話を聞きに行くとか、その辺だったら、私でも出来ると——！」

「七瀬さんは、自分の仕事をしてください。妹の件は、貴女に関係ないでしょう？」

光莉はキリヤの言葉に一瞬だけ押し黙る。キリヤは光莉が『そうだよね』と苦笑いを浮かべると思っていたのだが、彼女はそんな予想に反してこう口を開いた。

「関係なくないよ」

「……」

「関係ないなんて言わないでよ」

キリヤが顔を上げると、光莉は少しだけ居心地が悪そうな顔をして、鼻の頭をかく。

「いや、ごめん。生意気なこと言って。でも、なんというかさ。他人事《ひとごと》のままでいたくないんだよね。全然付き合いが長い方じゃないけど、キリヤくんの気持ちなんてこれっぽっちも分かってないとは思うんだけど。いろいろ助けてもらったし、何て言えばいいのかな。えっと、難しいな……」

光莉は言葉を探しているようだった。自分の中にある気持ちをなんとか言語化しようと必死になっている。彼女はしばらくモゴモゴと口を動かした後、「あー！　ちがうな！　こうじゃないな！」と大きな声を出した。

「違う。ごめんさっきのなし！　そうじゃなくて、私が言いたいのは――」

瞬間、光莉の大きな瞳にキリヤが映り込む。

「そういうこと言われると、さみしいよ！　すっごく、さみしい！　たぶん、きっとそれだけ！」

自分の中の感情がちゃんと言葉になって少しすっきりしたのだろう、光莉は前のめりになっていた姿勢を戻し、まるで自分を落ち着かせるように息を吐き出した。その後、彼女はにっと歯をみせる。

「それでもし、許してくれるなら。キリヤくんがもう一度歩き出すの、私も手伝えたら良いなって思ってるよ」

光莉の言葉に、キリヤの唇の端から「もう一度歩き出す、ね」と言葉が漏れた。彼女の言葉がきっと自分の中の何かに触れたのだろう。それはわかっているのに、何に触れたのかは口から出すまでキリヤ自身にもわからなかった。

キリヤの唇は勝手に心のままを紡ぎ出す。

「七瀬さんも、この家を捨てたほうが良いと思いますか？」

「え？」

「みんなそう言うんです。父も、一宮さんも、ヒナタのことを知っている友人も。もう忘れた方がいいって、過去に固執しすぎているって、未来を見ていないって。彼らから言わせると、僕は三年間ずっと立ち止まっているそうです」

まるで、表面張力を失った水のようだった。すんでのところで吐き出さないように留まっていた思いが一気に決壊した。そんな感じだった。

「僕からすれば、彼らの方が器用に立ち回りすぎているんです。どうしてあんな凄惨な事件をたった三年で忘れることができるのか。折り合いをつけることができるのか。それがわからない。でもそれを言うと、物理的に処理をしてしまった方がいいって言われるんです。この家があるから忘れられないんだと。でも、僕は――」

「私は捨てないで欲しいって思うよ」

光莉の一言に、キリヤは言葉を呑み込んだ。けれどそれは、言わないように蓋をしたという感じではなく、言わずにすんだというのが正しい表現だった。彼女の一言に、キリヤは自分が言いたいことすべてを掬ってもらったような気がしたのだ。

「キリヤくんが妹さんのことに囚われているのは辛いけど、でもこの家に住み続けているのってそれだけじゃないよね？　妹さんが死ぬ前の、家族との大切な思い出があるから、ずっとここに住み続けているんだよね？」

言葉尻は疑問形だったけれど、その声にはどこか確信しているような響きがあった。

「だから私は捨てなくていいと思う。むしろ、まだ捨てちゃだめだと思う。もしかしたらさ、どこかで折り合いがつくのかもしれないでしょ？　もちろん、つかないかもしれないんだけどさ。でも、捨てるのはいつでも出来るんだから、後回しでもいいんじゃないかな」

光莉の口角が上がる。

「最後まで大切にしてあげよう。キリヤくんの中で折り合いがつくまで。キリヤくんの大切な心をさ」

光莉はそこまで言うと「また偉そうなことを言ってしまった！」と焦り出す。そんな彼女の様子を、キリヤはじっと見つめてしまっていた。こんな提案をしてもらったのは初めてで、どう反応したら良いのかわからなかったのだ。

「それじゃ、私は帰るね！　明日、何かわかったら連絡するね！」

「あ、はい」

「キリヤくんも何かあったら連絡してね！　勝手に助けに行くって約束したけど、やっぱり助けを求められた方が助けやすいので。あ、普通に雑談とかでもいいからね！」

それだけ言うと、光莉は「じゃぁね！」と手を振って、今度こそキリヤの家を後にした。小さくなる彼女の背中を見ながら、キリヤは開け放っている扉に頭をつける。

そして、独りごちた。

「あの人、ちゃんと年上だったんだな」

なぜか、少しだけ泣きそうになってしまった。

7

キリヤと話した翌日、光莉は予定通り、棟方の情報提供者に会いに行っていた。

棟方の情報提供者は三人。『美容室』こと、南澤春昭《みなみさわはるあき》。『ネイルサロン』こと、背戸田穂積《せとだほづみ》。『エステ』こと、安栖謙之介《やすずみけんのすけ》の三人だ。

最初に会ったのは、南澤春昭だった。彼はテレビ関係者のヘアメイクを担当しているメイクアップアーティストだ。パリコレモデルのヘアメイクも手がけたことがある彼の技術力の高さは相当なもので、男女問わず人気が高く、特に大御所女優からは絶大な人気を誇っている。

彼はおっとりとした口調で、棟方に協力していたことをあっさり認めた。

「棟方さんに協力していたのは、私が住みやすい環境を作るためよ。きれいな水には魚が棲《す》めないと言うけれど、汚すぎてもまた棲めないのよね。私は、私が生きやすいように、棟方さんを利用して周りの環境を整えていただけ。それで向こうも美味しい思いをしていたんだから、これも一種の共生よね？」

「私がリークした情報？　そっちのデータには残ってなかったの？　……まぁ、いいわ。私がリークした情報はたくさんあるから全部は覚えてないけれど。影響が大きかったのは、俳優の野吾聡《のごさとし》の隠し子と、モデル三佐川理恵子《みさかわりえこ》の不倫よ。どっちもすごい再生数いったって話。その時は、お礼にボーナスもらっちゃった」

「謝礼の話？　私が話を聞いた時は、動画が回った数かけるいくらっていう歩合制と、ある程度の金額で買い取ってくれる、買い切りってのがあったわ。どっちがいいか聞かれたから、私は基本的に買い切りでお願いしていたわ。さっきも言ったように、私の目的は自分の環境を整えることだからね」

「棟方さんを恨んでいたかって？　恨んでいるわけないじゃない。むしろ、すごく悲しんでる部類じゃないかしら？　ああやって芸能界に風穴開けるの、結構見ていてスカッとしたしね。ま、言動が鼻につく人ではあったけれど。私も同族だし、あんまり気にならなかったわ」

彼は終始上機嫌で話をしてくれた。とても棟方の死を悼んでいるようには見えなかったが、それでも喜んでいるようにも見えなかった。

次に会ったのは、背戸田穂積だ。彼女はとある芸能事務所のマネージャーをしていた。担当はアイドル。今はデビューしたばかりのアイドルを三組ほど抱えているらしい。こちらも業界関係者の人間には内緒にするという条件を出すと、渋々棟方に協力していたことを認めた。

「どうして棟方さんに協力していたかって？　そりゃ、うちのアイドルを守るためですよ。こっちが持っているきわどい情報を流す代わりに、うちのアイドルのゴシップが出そうになったら、その時だけもみ消してくれるって約束を取り付けていたんです」

「私がリークした情報？　最近のやつだったら、某アイドルの未成年飲酒かな。貴女も知っているでしょ？　国民的アイドルの……へ？　知らない？　貴女、テレビとか興味ない人ですか？」

「報酬に関しては確かにもらっていたけれど、微々たるものですよ。……え？　それは歩合の方を選んでいましたけど。でも、私の渡した情報、そんなに回らなかったらしいし、ちょっとしたお小遣い程度ですよ」

「棟方さんの事、恨んではいませんでしたよ。ただ正直、いなくなってほっとしています。彼女が現れてから、業界的にほんといろいろ大変だったので。あぁ、でも殺したりはしていませんよ。そんなリスクを負うぐらいなら仕事の方を辞めています」

どこまでも事務的にそう答えて、彼女は時間になるとさっさと帰ってしまった。

そうして最後に会ったのが、安栖謙之介。彼はテレビ局のADをしているらしい。ADという仕事は想像以上に忙しいらしく、なかなかアポイントが取りにくそうな感じだったが、『棟方さんの事について聞きたいんですが』と彼女の名前を出すと、意外にもあっさり予定を空けてくれた。

「棟方さんに協力していたのは、彼女が兄の敵《かたき》を取ってくれたからです。僕の兄は実は元芸人で、先輩芸人からひどいいじめにあって、心を壊して辞めてしまったんです。その先輩芸人を芸能界から追放してくれたのが彼女だったんです」

「僕がリークした情報ですか？　数は少ないですが芸人関係のリークはほとんど僕で

す。今バラエティ番組を担当しているので、それぐらいしか協力できないんですよ」

「報酬ですか？　貰っていませんよ。僕がやっていることはあくまで恩返しですから。僕は、彼女のやっていることに共感を覚えていました。誰かがやらなくちゃいけないことを彼女がやっている。とても崇高な使命を彼女は果たしていたのだと思います」

「僕が彼女を恨むなんてとんでもない。僕は誰より彼女が死んで悲しんでいますよ」

本心なのか演技なのかどちらかはわからないが、安栖はそう言いながら下唇を噛んでいた。


一通り話を聞き終えた光莉は、喫茶ヌーヴェル・マリエで一息つきながら一宮に電話をかけていた。

「って事だったので、もしお暇だったら裏取りお願いできますか？」

『お前、ほんとその辺、遠慮しないよなぁ』

「え？」

『まぁいい。0課でヒマしている奴が何人かいるから、そいつらにも声かけて適当にやってみるわ』

「よろしくお願いします」

光莉はスマホを持ったまま、深々と頭を下げる。

『あと、キリヤの妹の捜査資料、用意できたぞ』

「わ！　ありがとうございます！」

光莉の声は大きくなる。本当は昨日頼んだものだが、『そんなにすぐ用意できるものではない』『できるだけ早く用意するからちょっと待っててくれ』と言われ、彼が捜査資料を用意するのを待っていたのだ。

『あの事件はなー。あんまり二階堂が乗り気じゃないんだよ。だから捜査資料を出すのもめんどくさくて』

そんな風にぼやく声の奥で、キーボードの打鍵音が聞こえる。

『全部とはいかないが、一部はデータでそっちに送れるぞ？』

「お願いします！」

タブレットを開くと、すぐさまメールが届く。圧縮されているそれを解凍すると、捜査資料が画面に表示された。光莉は見やすいようにデータをスマホに送りながら、一宮に「ありがとうございました」と告げ、電話を切った。

（これで、ヒナタちゃんと棟方さんの共通点が見つかればいいけど……）

光莉はタブレットに表示された捜査資料をめくる。

右側にはヒナタ、左側には棟方のデータを表示させていた。

（もしかして、二人は出身校が一緒だとか？　もしくは、ヒナタちゃんが芸能界にスカウトされていたとか？　確かにあの可愛さならあり得るけど、それってこの捜査資料には書かれてないんだよなー。後からキリヤくんに聞いてみる？）

その時、光莉の目はとある一枚の写真に留まった。それは、殺された後のヒナタの写真。司法解剖をされている時のもので、写真には右手が大きく写っていた。

光莉は「んんん？」とタブレットを顔に近づける。そして、人差し指と親指でピンチアウト。またまじまじと見て「やっぱりこれってそうだよね……」と声を漏らした。

「でもなんで？　何か関係があるのかな？　偶然ってことはないだろうし、やっぱり意図的だよね。……キリヤくんに教えたら、何かヒントになるかな？」

光莉は再びスマホを取り出してキリヤの連絡先を表示させる。しかし、メッセージを送ろうとしたところで、彼女の手は止まった。

「でも、キリヤくんならとっくの昔に気づいてそうだよね。こんなこと」

それならわざわざ連絡するのは彼の負担になってしまうかもしれない。きっと今の彼は、二十四時間、誰にも邪魔されることなく、どっぷりと事件に浸《つ》かっていたいと思っているはずだ。それならこんな情報で彼の時間を奪うのは申し訳ない。

（次に会った時でも、遅くはないよね）

光莉はそう思い、疑問を自分の中にしまいこんだ。

「とにかく！　私はこれらのことを帰って報告しなきゃ！」

光莉はタブレットを閉じて、机の上に広げていた聴取の記録をクリアファイルに入れてからカバンに戻す。そして、残っていたアイスティーを呷《あお》り、彼女は喫茶ヌーヴェル・マリエをあとにした。

駅までの道のりを歩いていると、突然スマホが鳴った。確認してみるとそこには『九條キリヤ』の文字。光莉は慌てて電話を取った。

「キリヤくん!!　どうしたの!?」

『七瀬さん。うるさいです……』

思った以上に大きな声が出てしまったようで、電話口の彼は嫌そうな声を出している。そんな彼に「ごめん！　びっくりしちゃって」と謝ると、『いえ、僕の方こそ突然電話しましたし……』と彼らしくない殊勝なセリフが返ってきた。

「どうしたの？　もしかして、昨日のお惣菜、傷んでた？」

『なんでそうなるんですか』

「いやだって、いきなり電話してくるし。今も、なんか声に元気がないし」

『……最近の僕は、常に元気がありませんよ』

「いや、それを言ったらそうなんだけど……」

だけど、こんな言葉を返せるぐらいには元気を取り戻してきたということだろう。

そのことがなんだか嬉しくて、光莉の足取りは軽くなる。

『それに、お惣菜もおにぎりも美味しかったですよ。問題ないです』

「え？　食べたの⁉」

『食べさせるために渡したんでしょう？』

「いやでも、本当に食べてくれると思わなくて！　おにぎりなんて、絶対に捨てられてると思ってた」

『ま、食べ物には罪はありませんしね』

「その言い方だと、私には罪があるって話になるんだけど？」

『そんなことは言ってません。むしろ、助かりました。……ありがとうございます』

いきなり告げられたお礼に、光莉はスマホを落としそうになる。

「へ？　……貴方、キリヤくん、よね？」

『僕がお礼を言うのって、そんなに変ですか？』

「変って言うか。いつもはそんなこと言わないから、びっくりしちゃって……」

『……お礼の言い甲斐《がい》がない人ですね』

電話口のキリヤがあきれたように笑う。そのまま意味のない会話がズルズルと続きそうになり、光莉はハッとしたように顔を跳ね上げた。

「そういえば、今日はどうして電話してきたの？」

『あぁ。今日情報提供者に話を聞きに行くと言っていたので、もう行ったかな、と』

「うん。さっき行ってきたよ！」

『それなら、この後会えますか？』

キリヤの意外な一言に光莉は「え!?」とひっくり返った声を上げてしまう。その声をどう取ったのか、キリヤが『もしかして、何か用事がありますか？』と聞いてくるので「ないない！」と食い気味に否定した。

「もちろんいいよ！　でもなんで？」

『昨日は言いませんでしたが、やっぱり少し行き詰まっているんです。なので、出来ればそちらの状況も正しく把握しておこうと思いまして』

弱音が混じったような彼の言葉に、光莉は思わず立ち止まった。助けを求められているわけではないが、なんだか少し頼られた気がして、嬉しくなったのだ。

「そっか。私としてはすごく助かる！　でも、……無理してない？」

『無理と言うか、今までが無理をしていたので。ちょっと息抜きです』

「息抜きか。いいね！」

光莉は肩を揺らした。

「それなら急いでそっちに行くね！　いま家？　一宮さんにも報告しとかなきゃ！」

『待っています』

光莉は「うん！」と元気よく返事をしたあと、電話を切る。そして、大通りから外れて狭い路地裏に入った。

人通りがない上に狭くて暗い場所なのであまり通りたい道ではないのだが、キリヤの家に行くのにはこの道が一番の近道なのだ。路地裏を進みながら、光莉はすぐさま一宮に電話をかけた。するとすぐに『おう、どうかしたか？』という、数十分前と同じトーンの声が聞こえてくる。

「一宮さん。そっちに帰るの、少し遅くなります！」

『どうかしたか？』

「キリヤくんが、話を聞いてくれるって事になりまして！　今回のダイイングメッセージの件も含めて、いろいろ相談してきますね！」

嬉しげにそう報告すると、『そりゃ、たいした変化だな。行ってこい！』と一宮も明るい声を出した。

「はい！　それじゃ、いって――」

きます、と続くはずだった言葉は、光莉の唇から紡がれなかった。なぜなら背中に何者かに体当たりされたような衝撃が走ったからだ。振り返ると黒い野球帽をかぶった人間が、光莉の背中に張り付いている。

「へ？」

人間を確認すると同時に、背中に走る鋭い痛みと熱。光莉から身体を離した奴の手には真っ赤になった刃物が握られていた。それを見てようやく、光莉は自分が彼に刺されたのだと知った。熱くなっている脇腹を触れば、手にべっとりと血がついた。これはヤバイと思った時には体から力が抜けていて、光莉はその場に膝をついてしまう。

『おい！　七瀬!?　どうかしたか!?』

電話口から異変を察知したのか、一宮の声がスピーカーにもしていないのにスマホから漏れ聞こえてきた。その声に怯えたのか、それとも我に返ったのか、光莉を刺した人間はそのまま踵を返して走り去ってしまう。

「あぁ、もう……！」

このまま逃がすわけにはいかないと、光莉は立ち上がり、犯人を追おうとした。しかし、結局身体に力が入らず、その場にまた膝をついてしまう。

スマホが手から離れる。力の入らない身体は重力のままにその場にうつ伏せになってしまう。光莉はなんとかスマホをたぐり寄せると、背中の痛みをこらえながら、掠《かす》れた声を出した。

「いま、何者かに刺されました」

『はぁ!?　なに言ってるんだ、お前――』

「刃物の形状、刃渡り共に、おそらく棟方さんを刺した物と同じだと思います。このスマホのGPSから住所を調べて、あたりに緊急配備を敷いてください。よろしく、おねがい、しま、す」

それが限界だった。意識の遠くの方で、一宮の声がする。

『おい、七瀬！　返事しろ!!　七瀬!!』

光莉は頬にコンクリートの温《ぬく》もりを感じながら、その場で意識を手放すのだった。

8

『七瀬は、昨晩何者かに刺されて緊急搬送された。今は入院中だ』

「は？」

キリヤがその報告を受けたのは、光莉と電話で話した翌朝のことだった。

昨日は、何時間待っても光莉は家を訪ねてこなかった。何か用事が入ったのかと思い電話もしてみたのだが繋がらず、捜しに行こうかとも思ったのだがどこかで行き違いになってはいけないと、キリヤは『用事が終わったら連絡ください』とだけメッセージを送っていたのだ。そして、今朝になってようやく光莉から電話があった。ベッドの中で取ったスマホからは『キリヤくん、ごめん！』と元気な声が聞こえてくるとばかり思っていたのだが、耳に入ってきた声は一宮のもので、呆けている間に先ほどのセリフを言われたのだ。

ね！」

　これ以上心配かけないようにわざと明るい調子で言えば、キリヤは「穴が開いただけって……」と呟きながら、光莉から視線を外した。その頑《かたく》なな態度に、これはちょっとやそっとでは機嫌が直らないかもしれないと、光莉は苦笑いを浮かべる。光莉がどうやってキリヤの機嫌を直そうか考えていると、彼は突然深々と頭を下げてきた。

「すみません」

「へ？　なんのこと？」

「僕が、連絡なんてしなければこんなことには……」

　思いもよらぬ謝罪に、光莉は一瞬固まった後、「いやいやいや！」と声を上げた。

「なんでキリヤくんが謝るの!?　どう考えてもキリヤくんのせいじゃないでしょ！」

「でも、僕が連絡したから、近道しようと路地裏に入ったんじゃないんですか？」

「それはそうだけど。でも、それとこれとは話が別じゃない？」

「別じゃないですよ。そもそも、最初から僕が一緒に行ってたら良かったんです。一人よりも二人の方が襲われにくかったでしょうし……」

「だとしても、二人とも襲われた可能性もあるわけだし！　というかその場合、私が刺されなくても、キリヤくんが刺されていたかもしれないでしょ？」

「僕なら──」

「自分なら刺されてもよかったとかは言わないでよ！」

光莉はキリヤの言葉を先回りして止める。いつもならキリヤは絶対にこんなことは言わない。言ったとして、『それでもやっぱり確率的には二人で行動した方が良かったと思います』とかぐらいだろう。こんな風に理性よりも感情が前に出ているキリヤなど、光莉の知っているキリヤではなかった。しかも彼は光莉が刺されてしまったことを、本当に自分のせいだと思っているようなのだ。

その時、頭の中にある考えが浮かんだ。光莉はその考えをそのまま口から垂れ流す。

「もしかしてなんだけどさ。キリヤくん、ヒナタちゃんの事件も自分のせいだと思ってない？」

キリヤの肩がわずかに跳ねる。光莉はそのまま言葉を続けた。

「違うならいいんだけど。今日のキリヤくんちょっと変だからさ。もしかして、私のせいでなんか変な感情まで思い出しちゃったりしていない？」

キリヤは軽く下唇を噛んだ後、「思ってる、じゃなくて。妹が死んだのは僕のせいなんです」と重々しく告白した。

「あの日、僕はヒナタに『早く帰ってくるように』ってお願いされていたんです。でも僕はその日、先生に呼び出されていて早く帰れなかった」

「先生に呼び出されていたんなら、仕方がないんじゃない？」

「でも、帰ろうと思えば帰れたんです。話は進路に関しての話だったので、急がなくてもいいものだったし。用事があったら言うようにって言われてもいて。……だけど僕は、それをしなかった。約束を、忘れていたんです」

「それは……」

「僕が帰ってきた時、ヒナタはまだ温かかったんです。数分前まで、生きていたんです。もしあの日、僕がヒナタとの約束を覚えていて早く帰っていたら、彼女は死ななかったかもしれない。もしかしたら、誰も傷つかなくて良かったのかもしれない。家族だってバラバラにならなかったかもしれない」

キリヤは叫んでいるわけではない。しかし、光莉には彼の心の叫びのようなものが聞こえた気がした。

「僕は肝心なところで、いつも選択を誤るんです。今回だって――」

「違います！　キリヤくんは悪くないです！」

キリヤの発言を止めたのは、光莉の両手だった。彼女の両手はキリヤの両頬をぎゅっと挟んでいる。

「悪いのはヒナタちゃんを殺した犯人と、私を刺した犯人です！」

「でも」

「キリヤくんがそんなことで負い目を感じても、私は全然嬉しくないよ！　多分、ヒナタちゃんもそうだと思う！」

はっきりとそういえば、キリヤは押し黙った。そんな彼の頬をつかんだまま、光莉はわずかに視線を落とす。

「自分の身の回りで起こった悪いことが全部自分のせいだなんて、思い上がりだよ。誰が傷ついたって、キリヤくんのせいなんてこと、絶対にないからね」

少しだけ怒っているような声が出た。だって、本当にちょっと腹が立ったのだ。もし今回のことで光莉が死んでいた場合、キリヤはきっと自分のせいだとまた重い鉛のような感情を背負って今以上に身動きできなくなっていただろう。でも、そんなこと光莉は望まない。死んでいたって絶対に望まない。

「私を、キリヤくんの人生の錘《おもり》にしないで」

思わず出てしまった厳しい声に、キリヤは目を見開いて固まった。そしてしばらくの後「すみません」と頭を下げる。

光莉はそこでようやくキリヤの頬から手を離そうとした。しかし、頬に触れていた手にキリヤの手が重なって、そのままもう一度、彼の頬に強く手が押しつけられる。

「ちゃんと温かいですね」

まるで生きていることを確かめるようにそう言われてしまい、喉まで出かかった

「放して」が音にならなかった。光莉はもう一度、両手でキリヤの頬にしっかりと触れた。

「ほら、ちゃんと温かいよ。私、生きてるよ」

「本当ですね」

ほっとしたような響きに、光莉は彼が年下だということを思い出した。いつも頼りになるし、生意気なので、てっきり同じ年齢かそれ以上の扱いをしてきたが、そういえば彼はまだ学生なのだとふと気がついたのだ。

一度そう思うと不思議なもので、目の前のキリヤが突然幼く見えてくる。光莉の目には、今のキリヤが十歳程度の少年に映っていた。しかも、怖いことがあって、怯え、震えている少年に。

「キリヤくん、ちょっと良い？」

「なんですか？」

頬から手を離して、手招きをする。身体を寄せて頭を下げるように指示をすると、彼は不思議に思いながらも従ってくれた。

「七瀬さん、何を――」

光莉は不思議そうに首を捻るキリヤの頭をぎゅっと抱え込んだ。突然のことに混乱しているのか、キリヤが「は？」「なに……」と狼狽えたような声を上げる。そんな彼を無視して、光莉は彼のつむじに声を落とした。

「これで生きてるってわかる？　実感する？」

その言葉で、キリヤも光莉の意図が読み取れたようだった。キリヤは、先ほどまで今にも暴れ出しそうなほどだった身体から力を抜く。そして、ためらいがちであるが背中に手を回してきた。背中に触れた大きな手のひらが少し熱くて、光莉も彼が生きていることを実感する。

「心臓の音聞こえる？」

「……はい」

「私、生きてるからね。大丈夫だからね」

まるで幼子に言い聞かせるようにそういえば、キリヤも小さな声で「はい」と答えてくれる。光莉はキリヤの髪の毛を梳《す》くようになでた。そのタイミングで腕の力が弱まったのだろう、キリヤがためらいがちに口を開いた。

「あの、七瀬さん」

「ん？」

「僕を励ましてくれてるのは十分わかるんですが」

「うん」

そこでキリヤに力が戻る。そして無理矢理ではないけれど、光莉から身体を離した。

改めて見るキリヤの頬は、恥ずかしさで赤くなっていた。それをキリヤもわかっているのだろう、彼は手の甲で顔の赤みを隠している。

「これは、ちょっと恥ずかしいです」

「あ、そうだね。……ごめん」

キリヤの熱が移ったのだろうか、光莉の頬もじんわりと赤く染まった。

それからしばらくは他愛のない会話をした。いつまでたっても一宮は戻って来なかったが、気まずい空気になることもなく、二人はいつもの調子を取り戻していた。

「なんか、最初の時と逆になっちゃったね。前はキリヤくんの方がベッドに寝ててさ」

「七瀬さんの方が重傷ですよ。僕は頭殴られただけですから」

「頭殴られるのも大変だよ。だって、頭だよ!?　頭！」

光莉がひっくり返った声でそう言うと、キリヤははっと吐き出すように笑う。

「身体に穴が開くのも大概ですよ」

「そうかなぁ」

「そうです」

キリヤの視線が、光莉の脇腹にスライドした。入院服の上からなので傷は見えないはずなのに、彼の表情は少しだけ曇る。

「傷、残りますか？」

「え。多分？」

「多分って。確認してないんですか？」

「うん。まぁ、治るならあまり関係ないかなって」

「関係ないわけないでしょう。貴女、女性ですよ？」

「こういうのに男も女も関係ないよ。男の人だって、傷が残るとまずい人もいっぱいいるからさ。それに、服着てたら目立たないし——っ、て、いててて」

「大丈夫ですか!?」

傷が少し開いたのだろう、それか麻酔が切れたか。光莉は傷口を押さえながら身体を折り曲げる。そんな彼女の様子にキリヤは立ち上がり大げさに心配してくれる。なんだかそれが申し訳なくて、光莉は痛みをこらえ、笑顔を張り付けた。

「そんな顔しないで！　平気だから！」

「平気って……」

「な、なんか、キリヤくんが弱ってる顔見ると、調子狂うなぁ」

そんざいに扱われたいわけではないけれど、こうも丁重に扱われると、それはそれでちょっと居心地が悪い。なんと言うか、こそばゆいのだ。くすぐったい。ただこればっかりは、彼に心配するなというのは無理な話だし、怪我をしてしまった光莉が悪いので、何も言わなかった。

それに、光莉の体調が戻ればきっとキリヤも元の彼だ。そんな気がする。

その時、光莉の脳裏に、刺される前に見たヒナタの写真がちらついた。

「あぁ、そうそう！　退院してからでいいんだけどさ、ちょっと気になることがあって！　キリヤくんに見てもらいたいものもあるんだけど、いいかな？」

「それはいいですけど。そんなこと言って、いつ退院出来るんですか？」

「え？　多分、明日ぐらいじゃない？」

「そんなの出来るわけないでしょう！　貴女刺されてるんですよ!?」

「あ、はい。ごめんなさい」

珍しくキリヤに真面目に怒られて、光莉は萎縮したように身体を小さくさせた。

10

光莉が退院したのは、それから三日後だった。

「本当に早かったですね……」

と呆れたように言うのはキリヤである。いつもの調子を取り戻した彼は頬を引きつらせながら、ガッツポーズを作る光莉をまじまじと見つめてきた。

「でしょ？　私、身体が強いのだけが取り柄なんだから！」

光莉を刺した犯人はいまだに見つかっていなかった。直前に棟方の情報提供者にあっていたこともあり、その三人の誰かではないかという話になったのだが、結局のところ全員にアリバイがなく三人のうち誰が光莉を刺したのかはわからなかった。ただ、同胞の警察官が刺されたということもあり、刑事部はこの事件に、さらに力を入れることにしたらしい。大幅な増員がかかったようで、怪我をした光莉はとりあえず事件から外されることになったのだ。

ということで、いま、である。

光莉は目の前にある光景にちょっと萎縮したような声を出した。

「――ってかさ、本当にいいの？」

「いいですよ。ヒナタのことを話すんでしょう？」

「それは、そうなんだけど……」

光莉の目の前にあるのは、キリヤの家だった。玄関までしか入ったことがないその場所に、なぜか今回、光莉はお邪魔することになったのである。きっかけは、例のヒナタの写真である。妹のことを話したいと言った光莉に、キリヤは「それならうちにしませんか？　捜査資料も全部揃っているので」と彼女を誘ってきたのだ。

（断る理由がないから、のこのことついてきちゃったけど……）

「なんて言うか。緊張するなぁ」

「なんで緊張するんですか？」

聞こえないように小さな声で呟いた声を耳聡《みみざと》く拾われて、光莉はもじもじと両手の指先を擦《こす》り合わせた。

「いや、変な意味じゃなくてね。実は、一宮さんからちょっと話を聞いてて……」

キリヤは「あぁ」と頷いた。すぐにリビングのことだと思い至ったらしい。

「見る人が見たら怖いかもですね。もし、七瀬さんが怖いなら――」

「あるものすべての配置が決まっているんでしょ!?　間違って位置変えないようにしないといけないなって！　キリヤくんめっちゃ怒りそうじゃない？」

予想だにしなかった反応なのだろう、キリヤは「はい？」と首を傾げる。

「ちょっとでも変な位置に置いたら、『どうしてそんなこともできないんですか』とか嫌み言われそうだし！　私が配置変えたせいで取り返しのつかない事になったらどうしようって、今から心配で、心配で……」

「……そっちですか？」

「そっち？　そっち以外に何かあった？」

光莉が頭に疑問符を浮かべると、キリヤは「いいえ、何でもありません」と身体の力を抜いた。そして続けざまに「別に、物の場所は少々動かしても構いませんよ」と光莉の不安を取り除いてくれる。

「物の場所は詳細に覚えてますし、写真も撮っているので、配置が少々変わっても何も問題はありません」

「あ、そうなんだ。相変わらずすごい記憶力だね」

「それはどうも」

キリヤは玄関の鍵を開ける。そして、扉を最後まで広げて「どうぞ」と口にした。

光莉は彼の言葉に促されるように玄関に入り「おじゃまします」と一礼する。

靴を脱いで玄関から入ると二階に続く階段と、廊下があった。廊下の先はリビングになっていて、リビングの入り口には白いビニール紐が張られている。キリヤはそれを横目に二階に上がっていく。てっきりリビングで捜査会議をすると思っていた光莉は、慌てたように二階に上がるキリヤに声をかけた。

「どこ行くの？」

「父の書斎です。そこに資料等も用意しています」

「そっか！」と光莉は納得して階段を上る。二階には部屋が三つほどあった。その中の一つにキリヤは入っていく。興味本位で「隣の部屋は？」と聞くと、彼は足を止め、

「僕の部屋です」と一言で説明してくる。

「入りたいですか？」

「入れてくれるの？」

「今日はダメです。散らかっているので」

それだけ言うと、彼はさっさと書斎に入ってしまった。光莉はそれを慌てて追いかける。部屋は思った以上に広かった。書斎と聞いていたのでもっと狭くてこぢんまりとしたものを想像していたのだが、窓は大きく壁際には本棚があり、部屋の真ん中あたりには四人掛けのソファーがあった。その前にはローテーブル。一番奥には彼の父親が使っていたのだろう重厚感漂うアンティークの机が置いてある。

「資料はソファーの前のテーブルに置いています」

そう言われ、光莉はソファーに腰掛けた。キリヤも遅れて隣に腰掛ける。

何のためらいもなく隣に腰掛けてきた彼に、光莉は（仲良くなったなぁ……）とどこか他人ごとのような感想が浮かんだが、黙っておいた。口にしてしまえば距離を取られることがわかっていたからだ。

「それで、なにが気になったんですか？」

「あぁ、そうだね！」

光莉はカバンの中から、タブレットを取り出す。そして「もうキリヤくんは気づいていると思うんだけど」と一枚の写真を表示した。それはヒナタの右手の写真だった。死んだ後に鑑識が撮ったもので、もう彼女の小指はなくなってしまっている。

写真を表示させた瞬間キリヤの顔が曇ったのを見て、光莉は「ごめん」と謝る。

「見るのが辛いならやめとこうか？」

「大丈夫です。続けてください」

光莉は頷くと、写真を人差し指と中指で拡大させる。そして、キリヤにタブレットを差し出した。「これ、なんだけど」「これ？」光莉はキリヤが持っているタブレットを覗き込みながら写真を指さした。

「えっと。爪なんだけどね？　……もしかして本当に気がついてない？」

「何がですか？」

「ヒナタちゃん、なぜか右手の中指と薬指の爪にだけ、ネイル塗っているんだよ」

その瞬間、キリヤの目が大きく見開かれた。

11

「ヒナタちゃん、なぜか右手の中指と薬指の爪にだけ、ネイル塗っているんだよ」

その言葉を聞いた瞬間、キリヤは「え？」と呆けたような声を出してしまった。キリヤのそんな様子に気がついているのかいないのか、光莉はさらに続ける。

「透明なやつだから見た時は気のせいかと思ったんだけど、でもやっぱり光沢が違うし、絶対そうだと思うんだよね。で。もしかしたら、オフし忘れたのかなぁって思ったんだけど、そもそも他の爪に塗ったあとがないから、そういうんじゃないと思うんだ。なんて言うか、意図的にこの爪だけにネイルを塗ってるって感じで……」

そんな光莉の話を聞いていると、キリヤの脳内に三年前のとある会話が蘇ってきた。

『次の暗号、お兄ちゃんには絶対解けないと思うの！　だって、お兄ちゃん女心わからないんだもん！』

あれは――

「まさか――！」

キリヤは弾《はじ》かれるように立ち上がった。そんな彼の突然の行動を見て、光莉が「どうしたの？」と目を瞬かせた。そんな彼女に構うことなくキリヤは部屋を飛び出す。

「ちょっと、キリヤくん!?」

キリヤは急いで階段を下りて、リビングへ向かう。入り口に張ってあったビニール紐は勢いのまま取り払った。そしてリビングの隣にある、ヒナタの部屋に向かう。

そんなキリヤを光莉はあわてて追いかける。

「なになに!?　どうしたの？」

部屋に入っていいのかわからないのだろう、リビングの入り口の前で光莉が目を白黒させている。そんな彼女にキリヤは「なに遠慮してるんですか？」と暗に入ってこいと告げ、妹の部屋の引き戸を開けた。そこは元々和室で、この家を買ったときに妹が「日当たりが良いから」という理由で客間だったそこを自分の部屋にしたのだ。

ヒナタの部屋には窓が二つあった。西側の窓と南側の窓だ。どちらも胸の高さほどの引き違い窓で、庭に向いている西側の窓の正面の壁には本棚が置いてある。窓にはどちらもロールスクリーンがあるが、西側のは劣化が進んでいるのか所々穴が開いていた。本棚の隣には彼女が弾いていたアップライトピアノ。キリヤは脇目もふらず、ピアノに近づいた。そしていきなり蓋を開け鍵盤を確かめはじめる。

そんなキリヤの背中に、光莉が恐る恐る声をかけてきた。

「えっと。本当にどうしたの？　もしかして、なにかわかった？」

「音符による文字の代用の話をしたことは覚えていますか？」

「小学校の音楽室でのことだよね？　スパイがどうのこうのってやつ……」

「そうです。文字の代用ではありませんが、音階は日本語に置き換えられるんです」

「ごめん。ちょっと意味がわかんない」

「僕たちがよく使っているドレミファソラシドという音階は元々イタリア語の音名なんです。日本語には別の音名がある。それがイロハニホヘトです。ドレミファソラシドに当てはめるのならば、ハニホヘトイロハ。ここで、さっきのネイルの話に戻ります。一般的にピアノで『ドレミファソラシド』を弾くとき、右手の中指と薬指はなんの鍵盤を押すか知っていますか？」

「えっと……」と目を泳がせる光莉に、キリヤは鍵盤を弾きながら説明をする。

「ドレミまでは、親指、人差し指、中指の順番で鍵盤を押していって、ファの音は中指をくぐった親指で押します。それからソラシドと順番に人差し指、中指、薬指、小指の順番で鍵盤を押していくのが基本の形です。これを日本語の音階『イロハニホヘト』に当てはめると、右手の中指と薬指で押す鍵盤『ラ』と『シ』は、『イ』と『ロ』になるんです」

「イロって。まさか――！」

そう、ヒナタの残したダイイングメッセージだ。でもそうなると、彼女が最期に残した言葉の意味がまったく違う物になってくる。あれが示しているのは犯人で、妹が願っているのは、犯人の逮捕、もしくは復讐じゃなかったのだろうか。

キリヤはもう一度アップライトピアノの『ラ』と『シ』を押す。他の鍵盤に比べて押すのに力がいる。この瞬間、キリヤの予感が確信に変わった。ヒナタが最期に残した『イロ』はこの事を指していたのだと。

キリヤはアップライトピアノの屋根と上前板を開ける。すると、ラとシのハンマーの間に何か紙が挟まっていることに気がついた。二つ折りになっているそれを慎重に取り出し、キリヤは広げる。光莉も後ろからそれを覗き込んだ。

「『九月二十日　十七時』。九月二十日って、今日のこと？」

「ヒナタの命日だ」

「今日ってヒナタちゃんの命日なの!?　え？」

九月ってところまでは覚えていたが、日付までは覚えていなかったのだろう。光莉はあからさまに狼狽え始める。きっと、命日に家族でもない自分がここにいて良いのだろうか、とか思っているのだろう。そんな彼女を落ち着かせるために、キリヤは「大丈夫ですよ」と口を開く。

「墓参りは午前中に済ませていますし、父が帰ってくるのも明日です。もう三回忌もすぎているので、法事なんかもありませんし」

「だとしても、そんな大事な日に！」

「問題ないですよ。それより――」

口元に手を当てながら思考を回らす。その時ヒナタとの約束が頭をかすめた。

『お兄ちゃん、明日は絶対早く帰ってきてよ？　約束だからね？』

『暗くなってから帰ってきたら承知しないいんだから！』

「暗くなってから……って、もしかして！」

　キリヤは窓にかぶりついた。そして太陽を見つめたまま「七瀬さん、今何時ですか⁉」と声を大きくする。光莉は慌てて時計を見た。

「え？　十六時五十九分？」

　その答えにキリヤは明かりを消して、西側の窓のロールスクリーンを下げる。ロールスクリーンにはいくつかの小さな穴が開いており、西日がその穴を通って部屋の中に入ってくる。筋状になって入ってきた光は、窓の正面にある本棚を照らし、背表紙の文字を指した。

「これって……」

「あの紙に書いてあった日付と時間は、太陽の位置を指していたんですよ。そして、ロールスクリーンに開いていた穴も、劣化ではなく意図的なものだった。きっと、ヒナタが開けたんです。事件が起こる前日に」

「それじゃぁ。これが、ヒナタちゃんが最期に言いたかった言葉……」

　光莉は呆けたようにそう呟いたあと、はっと顔を跳ね上げてカバンからメモ帳を取り出した。そして、光の筋が指した背表紙の文字を一文字ずつ書き写していく。

「『お』『や』『に』『ん』『つ』『り』『が』『い』『ち』『い』『あ』『う』『と』『も』？

これは、アナグラム？」

光莉は書き取った文字を並べ替える。そして、キリヤが先に頭で組み立てていた言葉を口にした。

「『おにいちゃん　いつもありがとう』？」

何なんだろうこれは。

それが最初の感想だった。これが、妹が死ぬ間際に残した、最期の言葉。キリヤにだけ伝わるようにと残したメッセージ。

（やっぱり、犯人を示すものとかじゃなかったんだな……）

途中で気づいていたけれど、やっぱり蓋を開けてみるまでは信じられなくて、蓋を開けてみた今でも、やっぱり現実感が薄い。だって、こんな——

となりでずっ、と洟を啜る音が聞こえる。視線を下ろすと、光莉が目を擦っていた。

「よかったぁ」

「なんで貴女が泣くんですか……」

そう言った自分の声もどこか涙に濡れているような気がした。

やっと解けたのに、最期の言葉を聞くことが出来たのに、それは彼女を殺した犯人に辿り着くものではまったくなくて。だけど、それでもヒナタの最期の言葉を聞けて良かったと思う自分がいる。

「前にキリヤくん言ってたよね？　『ダイイングメッセージは最期にこの世に残す、最も強い言葉』だって」

ずっ、とまた光莉は洟を啜る。強く擦ってしまったからか、彼女の目元はもう赤くなってしまっていた。

「ヒナタちゃんが最期にキリヤくんに残した言葉が、誰かのことを恨む言葉とかじゃなくてよかったなぁって。もし、誰かを恨むような強い言葉だったら、キリヤくん、ずっと過去に縛られちゃいそうだったから」

「それは」

縛られて良かったのだ。縛ってくれて良かったのだ。

それで妹を殺した犯人が捕まるのなら、喜んで縛られてやったのに。

（あぁ、もういやだ――）

死んだヒナタを発見した時も、通夜の時も、葬式の時も。一周忌だって、三回忌だって、絶対に泣かなかったのに。

「ふ――」

嗚咽が零れた。目頭どころか、顔も、頭も、耳も熱くて。瞳からこぼれた感情が、頬を伝い、床の上に落ちる。

なんで、こんな、なんてことない言葉が、ヒナタの最期の言葉なんだろう。もっと誰かを恨むような強い言葉だったら、誰かの前で涙を流すなんてことしないですんだのに……。胸の中が、頭の中が、ぐちゃぐちゃだ。

ヒナタはどんな思いで『イロ』というメッセージを残したのだろう。外に目を向けていたのは、去って行く犯人を睨み付けていたわけじゃなく、ゆっくりと落ちていく太陽を見つめていたからだろうか。

あぁ、でも、そうだ。ヒナタはそういう子だった。いつも笑っていて、元気で、名前と同じようにこの家の太陽のような存在だった。あの光に照らされて、この家はいつも暖かかった。そうだ。考えればわかることだった。最期に一言だけメッセージを残せるなら、きっと彼女は誰かを恨むような言葉を選択しない。ちょっとお茶目でユーモアがあって、でもみんなが笑顔になるようなメッセージを残すに違いない。

（あぁ、だから……）

あんなに穏やかな表情で横たわっていたのか。キリヤを驚かしたあとのことを想像して彼女は太陽を見つめていたのだろうか。

『今回は私の勝ちだね！　お兄ちゃん！』

そんなヒナタの声が聞こえたような気がした。

12

「あー、泣いた泣いた！」

「よく他人のことでそこまで泣けますよね」

そんな会話を交わしたのは、それから一時間後のことだった。からっとした声を出しているが光莉の目は真っ赤に充血しており、目の周りも赤く腫れ上がっている。

「キリヤくんも泣いてたね？」

「僕は、泣いてません」

「えぇ⁉　嘘！　絶対泣いてた！　前がぐしゃぐしゃでよくわかんなかったけど、なんかそれっぽい雰囲気感じたもん！」

「それっぽい雰囲気って……」

キリヤは呆れたような表情で片眉をあげる。しかしそれも一瞬のことで、次の瞬間には口元に笑みを浮かべていた。

「でもよかったね。ヒナタちゃんの最期の暗号が解けて」

「そうですね。……結局、犯人はわからずじまいですが」

「それはこれから捜査して行こう！　というか、私たちも全力で捜査するので！」

頑張りますとでも言いたいのだろう。光莉は力こぶを作ってみせる。

「でもさ、こうなってくると、棟方さんの残したダイイングメッセージの意味ってなんだったんだろう。ヒナタちゃんと同じような暗号だったけど、あれは多分一緒じゃないよね？」

ヒナタの『イロ』と棟方の残した『イロ』は違う意味だろう。それはヒナタの暗号を解いてはっきりした。つまり二つの事件は無関係という可能性が高まったのだが、そうすると捜査としては二歩も三歩も下がった結果になってしまう。

キリヤは「そうですね……」と顎を撫でた。

「七瀬さん。棟方さんの方のダイイングメッセージ、今見ることできますか？」

「え？　できるけど。……でも、前にキリヤくんに送ったのと一緒だよ？」

「いいですよ。いまなら別の角度から見られそうな気がしますし」

「たしかにそうだね」

光莉はカバンからタブレットを取り出し、棟方の書いた『イロ』の写真を見せた。

キリヤはじっくりとそれを眺めた後、首をひねる。

「これって、背景が白いですが、紙か何かに書かれたものですか？」

「そうそう！　なんか、名簿の裏みたいなものに書かれていて。一課の話によると、芸能人の名前ばかりみたいだから、これから暴露する人の名簿を作っていたんじゃないかなって話だったんだけど」

光莉の話にキリヤは「名簿……」と小さく呟いた後、タブレットを受け取った。そしてじっくりと写真を眺める。

「七瀬さん。裏面の画像ってありますか？　名簿の方です。あと、この『イロ』も拡大したものじゃなくて、全体を俯瞰で撮ったやつがあれば嬉しいんですが……」

「ちょっと待ってね。確か、写真の中にあった気がする。……って、これかな？」

光莉はキリヤの持っているタブレットを覗き込みながら操作し、写真を見つけ出した。キリヤはまたその画像をまじまじと見つめ、今度は「やっぱり」と何かを確信したようにつぶやいた。

「七瀬さん、このタブレットに画像編集ソフトって付いていますか？」

「簡単なものでいいならついてるけど」

「それなら名簿の画像を反転させて、こっちの『イロ』と書かれてる紙と合わせることって出来ますか？」

「ん？　反転させて、合わせる？　つまり、裏側にあるこの名簿が、鍵だったかもしれないってこと？」

「そうです」

「ちょ、ちょっとまってね！」

光莉はタブレットに元々ついている画像の編集ソフトをいじって、反転した名簿の画像と『イロ』と書かれた画像を重ねる。上に置いた『イロ』の画像レイヤーの不透明度を下げ後ろの画像を透かすと、光莉もキリヤの言いたいことがわかった気がした。

「これは……」

「そう。これは『イロ』じゃなかったんですよ。たまたまそういう風に見えただけ。これは単純な点つなぎ、だったんです。自分を殺した犯人の名前を名簿から探し出して、指でなぞった。ただそれだけだったんです」

「つまり、『イ』と『ロ』が離れていたのは、姓と名を表していたからで、『ロ』は名前の最初の文字と最後の文字が一緒だったからぐるっと一周したってこと？」

「そうです。つまり、そこに書かれている人こそが、棟方さんを殺し、七瀬さんを刺した張本人です」

『やすずみ　けんのすけ』

棟方の血は、確かに彼の名前を表していた。

エピローグ

それからすぐに安栖謙之介は逮捕された。彼は捕まるとすぐに罪を認め、家からも棟方の小指が発見された。安栖の証言によると、彼と棟方は少し前まで恋人関係にあったらしい。だから安栖は彼女に仕事で得た情報を流していたのだが、最近になって突然、棟方が別れを切り出してきたという。別れたくない安栖は棟方と言い争いになり、その時『貴方と付き合っていたのは芸能界の暴露ネタを聞き出すためよ！』と言われてしまったというのだ。自分の想いが踏みにじられたと感じた安栖は棟方の殺害を計画、実行に移したという。小指を持ち帰ったのは殺す際に彼女に引っかかれ、小指に皮膚片が残ってしまったかもしれないと感じたから、らしい。

ちなみに、光莉を襲ったのは来るはずがないと思っていた警察が突然来て、怖くなったから襲ったのだという。なんとも短絡的な犯行だ。

かくして、暴露系ユーチューバー殺人事件は幕を閉じることとなった。

それから、一週間後——

光莉とキリヤの姿は喫茶ヌーヴェル・マリエにあった。二人の前にはそれぞれ大きなパフェがあり、彼女はそれを見て「すごーい！」と声を上げながらスマホで写真を撮っている。そう、二人はいつかした約束を果たしに来たのだ。

キリヤは柄の長いスプーンで和梨のパフェの脇にある生クリームをすくいながら、呆れたような声を出す。

「まったく、びっくりしましたよ。予告なく大学の前で待ち伏せされて、いきなり『今日暇？』ですからね」

「だって、いろいろ仕事が詰まっていて、今日ちゃんと休みが取れるかわからなかったんだもん。約束しといて、突然行けなくなったとかはキリヤくんも困るでしょう？」

「別に困りませんよ。それにスマホで連絡してきたらいいじゃないですか」

「キリヤくん、前に仕事以外で連絡するなって言っていたし」

「……今更、それ言いますか？」

「あはは、だよねー」

光莉はフォークで薄切りになっている和梨を刺すと、そのまま口に含んだ。そして、

「わ！　なにこれ、おいしぃ！」と目を見開く。和梨のシャキシャキとした食感と生

クリームのふわふわのくちどけ。ミルクアイスの舌がとろける甘さにみずみずしいフルーツの甘さが絶妙にマッチしている。てっぺんに据えられているシャインマスカットは果汁が口から溢れんばかりにジューシーだし、底にある特製の梨ジャムは目が覚めるような爽やかさだ。

光莉が美味しそうにパフェを頬張っているのを見ながら、なぜかキリヤは不服そうに机に肘をついていた。

「それに『私の分をキリヤくんが出して、キリヤくんのを私が出すってどう？』って、こんなのただ二人でパフェを食べに来ただけじゃないですか」

「それは、キリヤくんが奢らせてくれないからでしょ？」

「今回は、僕の方が迷惑をかけましたからね」

「だからって、キリヤくんが奢るって話になるのはちがくない？　そもそもこれは、私の用事に付き合ってくれたお礼だったんだし！」

「それはそう、ですが」

一時間ほど前にしたやりとりとまったく同じ会話をしていることに気がついたのだろう。キリヤはそのまま口を噤《つぐ》むと、光莉と同じようにパフェを口に運んだ。

美味しくなさそうにパフェを食べるキリヤを見つつ、光莉は口角を引き上げた。

「いいじゃん。二人で食べに来た、で。パフェ、美味しいよ？」

「……そうですね」

その事に異論はないのだろう、キリヤの口角もわずかに上がった。

光莉は今度は底の梨ジャムにスプーンを伸ばすと、上のミルクアイスと一緒に口に含む。そして「この組み合わせも、最高」と頬を押さえた。

「七瀬さん」

「なぁに？」

「今回はありがとうございました。助かりました」

突然、少し真面目なトーンでそう言われ、光莉はスプーンを止めた。そして、困惑を顔に貼り付けたような表情でキリヤのことをまじまじと見つめる。

そんな表情をされると思っていなかったのだろう、キリヤは半眼になりながら「なんて顔してるんですか？」と不服そうな声を出した。

「いや、突然のデレ期に戸惑っておりまして……」

「突然のデレ期って。素直にお礼を言っただけですよ？　……七瀬さんって大概、失礼な人ですよね」

ため息をつきながらそう言えば、光莉ははっとひらめいたような表情になり「そう、それ！」とキリヤに人差し指の先を向ける。「は？」

「そっちの方がなんか落ち着く。キリヤくんだって感じがするもん」

「なじられる方がいいだなんて、変わった感性していますね」

「いや、なじられる方がいいとまでは言ってないんだけど……」

「でもまぁ、ちょっとずつ慣れてください」

キリヤはやっぱり淡々とスプーンを口に運ぶ。

「それだと優しく出来ないじゃないですか」

「突然のデレ期！」

「うるさい」

キリヤがぴしゃりとそう言った時、机に置いていた光莉のスマホが震えた。着信だ。

画面に表示された『一宮辰彦』という名前に光莉は慌てて電話を取る。電話口から聞こえたのは焦ったような一宮の声だった。

『お前どこほっつき歩いてんだ？』

「今日、私は有休ですよ。……もしかして、何か事件ですか？」

『あぁ。大御所俳優の自宅に殺人予告が届いた。差出人は不明。内容は日本語で書かれているそうなんだが、なぜかどうしても読めない文章があるそうなんだ。ってことで、キリヤに連絡取れるか？　アイツ、スマホの電源切っているみたいでな』

「連絡は、取れると思いますけど」

光莉はスマホを耳に当てたまま、チラリとキリヤの方を見る。このまま彼に頼り続けていいのだろうか。というかそもそも、彼は協力してくれるのだろうか。ヒナタを殺した犯人は捕まっていないが、キリヤが解きたがっていた彼女のダイイングメッセージはもう解いてしまったのだ。キリヤからしてみれば、警察に協力する理由というものが、その時点でもうほとんどなくなってしまっている。

「ちょっと連絡を取ってみます。取れなかったらすみません」

『おう。任せたぞ』

光莉は「はい」と返事をしてスマホを切った。そして、どうキリヤに切り出すか、そもそも切り出すかどうかを考える。光莉としてはもうあまり彼を事件に巻き込みたくないというのが正直な気持ちだった。なぜなら、キリヤは一般市民で、ただの大学生だ。そんな彼の日常をこれ以上乱したくないというのが光莉の素直な考えだった。しかし、それでもキリヤにしかできないことがあるのも確かで、彼がいることで救われた人間も多い。

それに、キリヤが今後事件に関わらないとなると、光莉が彼に会う機会もなくなってしまうだろう。それもなんだか寂しかった。

（どうすれば――）

「それじゃ、手っ取り早く食べて行きましょうか」

キリヤはそう言ってスプーンでクリームを掬う。

「へ。行くって、どこに？」

「鍵探し、に決まっているでしょう？」

先ほどの会話が聞こえていたのだろうか、彼はそう言って小首を傾げた。

「まだ協力してくれるの？」

「妹を殺した犯人が捕まったわけじゃないですからね」

「でも――」

「それに、七瀬さんだけじゃ頼りないですから」

その答えに光莉が呆然としていると、キリヤは片眉を上げた。

「行かないんですか？　鍵探し」

「い、行く！」

光莉がそう店内に響き渡る声を出すと、キリヤはふっと笑って「うるさいですよ」と優しい笑みを浮かべた。

【参考資料】

暗号大全　長田順行　講談社学術文庫
暗号解読事典　フレッド・B・リクソン／訳：松田和也　創元社
新修 隠語大辞典　皓星社
暗号解読（上・下）　サイモン・シン／訳：青木薫　新潮文庫
記号の事典　編集：江川清　平田嘉男　青木隆　三省堂
暗号学　稲葉茂勝　今人舎
つくろうよ！　アンビグラム　野村一晟　飛鳥新社
業界㊢用語事典　編集：裏BUBKA編集部　コアマガジン

本書のプロフィール

本書は書き下ろしです。

この作品はフィクションです。実在の人物、団体、事件などにはいっさい関係ありません。

小学館文庫

暗号解読士《あんごうかいどくし》　九條《くじょう》キリヤの事件簿《じけんぼ》

著者　桜川《さくらかわ》ヒロ

二〇二三年三月十二日　初版第一刷発行

発行人　石川和男
発行所　株式会社 小学館
〒一〇一-八〇〇一
東京都千代田区一ツ橋二-三-一
電話　編集〇三-三二三〇-五六一六
　　　販売〇三-五二八一-三五五五
印刷所 ―――― 凸版印刷株式会社

ISBN978-4-09-407237-2